作者于海南三亚海边留影

作者于济南趵突泉公园留影

作者在参加沈阳市雷锋学校启动运营仪式活动中留影

作者在沈阳市“欢歌劲舞颂雷锋文艺汇演”中留影

作者在沈阳市“雷锋精神研讨会”上发言时的留影

作者参加沈阳市学雷锋活动时的留影

作者于山东邹城峄山风景区留影

作者于海南三亚海边与孙女的合影

献给祖国的歌

赵明环◎著

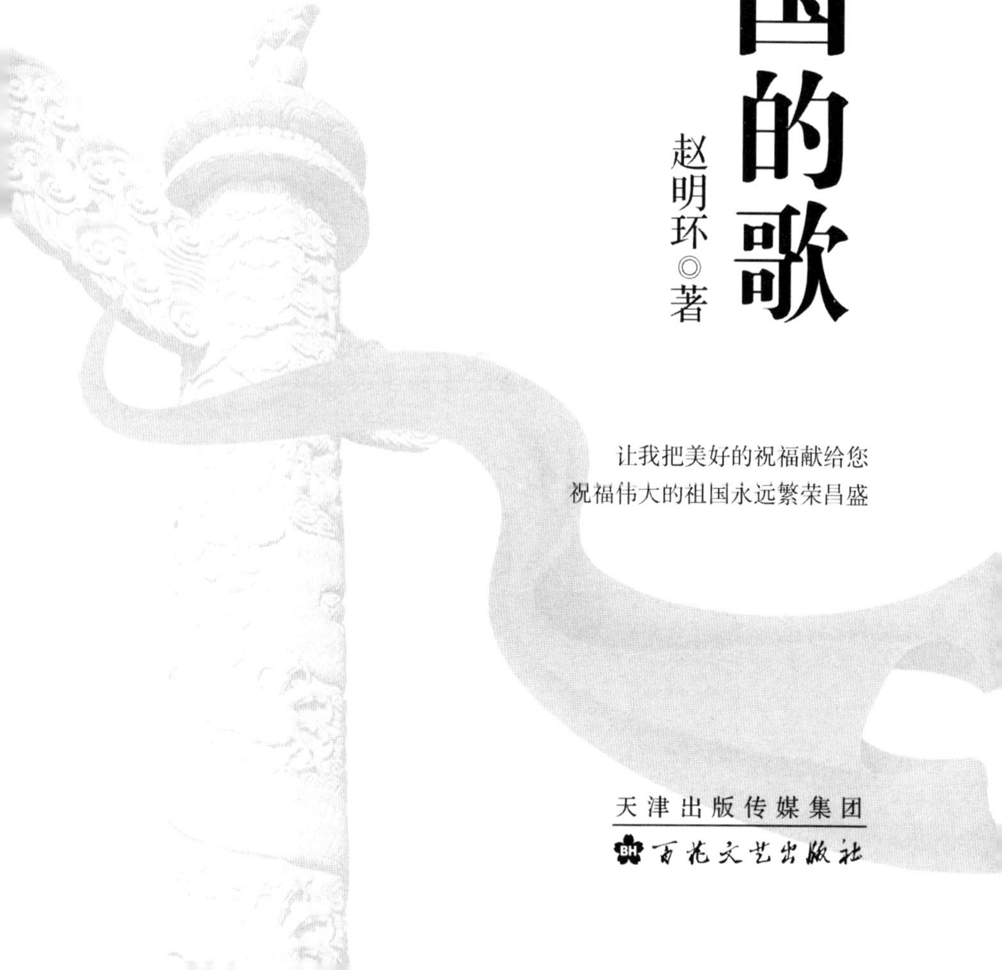

让我把美好的祝福献给您

祝福伟大的祖国永远繁荣昌盛

天津出版传媒集团

百花文艺出版社

图书在版编目（CIP）数据
献给祖国的歌 / 赵明环著 . -- 天津 : 百花文艺出版社 , 2025. 1. -- ISBN 978-7-5306-8958-5
Ⅰ . I217.2
中国国家版本馆 CIP 数据核字第 2024QR8142 号

献给祖国的歌
XIANGEI ZUGUO DE GE

赵明环　著

出 版 人：薛印胜
责任编辑：王　欣　　**装帧设计：**有　森
出版发行：百花文艺出版社
地址：天津市和平区西康路 35 号　　**邮编：**300051
电话传真：+86-22-23332651（发行部）
+86-22-23332656（总编室）
+86-22-23332478（邮购部）
网址：http://www.baihuawenyi.com
印刷：廊坊市海涛印刷有限公司
开本：880 毫米 ×1230 毫米　1/32
字数：360 千字
印张：16.875
版次：2025 年 1 月第 1 版
印次：2025 年 1 月第 1 次印刷
定价：86.00 元

如有印装质量问题，请与廊坊市海涛印刷有限公司联系调换
地址：廊坊市安次区马头镇金官屯
电话：（0316）2580144
邮编：065003

序　言

心怀祖国，根系中华

陶士凯

2020 年 9 月，赵明环女士的第一部个人文集《赵明环诗文选》由现代出版社出版发行，该书饱含着深深的家国情怀和民族精神，与时下风花雪月、儿女情长的作品大相径庭，令人耳目一新。《献给祖国的歌》是赵明环女士的第二部个人文集。

赵明环女士嘱我作序，我深感责任重大，唯恐不能诠释作者的情怀和书籍的要义。读罢书稿，荡气回肠，被作者心怀祖国、根系中华的情结深深感动，这不由得让我想起多年前在广州火车站看到的非常亮眼的八个大字——“统一祖国，振兴中华”，那时候热血沸腾，一瞬间眼泪就下来了。

毛泽东主席曾指出：“人是要有一点精神的，无产阶级的革命精神就是由这里头出来的。”这个“精神”是一种情怀，一种境界，一种血性和品节。人无精神不立，国无精神不强。一个民族要有点精神，否则就会失去脊梁骨。

2013 年 3 月 17 日，习近平总书记在第十二届全国人民代表大会第一次会议上指出：“实现中国梦必须弘扬中国精神。这就是以爱国主义为核心的民族精神，以改革创新为核心的时代精神。这种精神是凝心聚力的兴国之魂、强国之魂。”

《献给祖国的歌》不仅是一部诗文集，更是弘扬爱国主义、锻造民族精神的兴国之歌、强国之歌。

赵明环的作品《祖国啊，亲爱的母亲》，闪烁着强烈的赤子之心，饱含着炙热的赤子之情。

祖国啊，十四亿儿女的母亲
我们在你的怀抱里幸福成长
我们万众一心
跟着你战胜了惊涛骇浪
我们欢欣鼓舞
跟着你从一穷二白走向繁荣富强

这不仅是一首诗歌，更是赵明环女士热爱祖国、奉献祖国的真实写照。她的一生，都在勤勉工作，都在与她热爱的祖国同甘苦、共命运。即使是在退休之后，她的爱国之心依然在燃烧。她在作品《为母亲唱出最美的歌》中写道：

把艰难险阻化为欢歌
把一切不幸变成甜果
柔软的沙滩使人昏昏欲睡
优越的环境不要把意志消磨

祖国啊，我亲爱的祖国！
我拿什么奉献给你

我的力量，我的智慧……
寸草难报三春晖

赵明环女士出生于1950年11月，今年74岁了，她经历过上山下乡，经历过十年浩劫，经历过改革开放，她深知祖国从贫穷走向富裕、从落后走向强大的不容易。她的作品《我们的母亲不容易》，表达了对祖国深深的理解和深切的热爱。

朋友啊，我们赶上了好时代
知足吧，历尽艰辛苦尽甜来
我们要生命不息，奋斗不止
将中华民族的优良传统一代传一代

朋友啊，身在福中请珍惜吧
看看世界上那些战乱的国家
无家可归的人们是多么痛苦和无奈
我幸运，我是中国人
无论世界风云如何变幻
我们安居乐业，国泰民安

没有共产党就没有新中国。赵明环女士1974年8月13日加入中国共产党，今年是赵明环女士光荣在党五十年。她的作品《我是共产党员》，阐释了对共产党的感情，雄浑而宽广，真挚而深厚。

我举起右手庄严宣誓
从此要牢记入党誓词
把它融入钢筋铁骨热血里
…………

我像一条涓涓细流
汇入了黄河长江
我们正奔向波澜壮阔的海洋
我是共产党员
为祖国为人民
自强不息，始终不渝

赵明环女士爱国爱党，对开国领袖更是充满了敬仰之情。她的作品《怀念伟人毛泽东》，让人肃然起敬。

尼克松第二次见到毛主席
问了毛主席一个问题：
“你有什么特长？”
毛主席笑着答道：
“为人民服务
这就是我的特长。”
言简意赅
表达了他一生的追求和信仰

赵明环女士对周恩来总理的怀念，更是如泣如诉，动人心魄。

她在《敬爱的周总理，人民想念你》中写道：

你是真正的无产者
你没有子女
没有房产
没有存款
没有墓地
你为人民鞠躬尽瘁
唯独没有你自己
…………

总理啊
你的人民永远想念你
我们都是你疼爱的儿女
没有什么能把我们分开
我们从不曾分离

赵明环女士敬仰领袖，也敬仰为祖国做出重大贡献的老一辈科学家。她深知，没有老一辈科学家的贡献，就没有今天繁荣富强的中国。她的作品《忠贞不渝——纪念两弹元勋邓稼先》，让我们感受到国家创业之艰，感受到两弹元勋邓稼先拼搏奋斗的科学精神和无私无畏的革命情操。

1964 年 10 月
我国第一颗原子弹爆炸成功

全国人民都为蘑菇云腾空而雀跃欢呼
1967 年 6 月
又有震惊世界的消息传出
我国第一颗氢弹爆炸成功
…………

1986 年 7 月 16 日
邓稼先在妻子的怀中辞别了人间
临终前他叮嘱说：
“不要让人家把我们落得太远”

一个时代有一个时代的偶像，但任何时代都不能失去对军人的尊敬和感激。没有军人保家卫国，就不会有国家的安定团结；没有国家的安定团结，就不会有人民的安居乐业。赵明环女士对军人的情怀，尤其浓烈，与当今年轻人崇拜歌星影星，形成巨大的反差。她的作品《向共和国卫士致敬》，让我们对军人的敬意油然而生。

他们是共和国的铁壁铜墙
他们是人民的安全保障
他们才是国家精神的体现者
他们是无名英雄，民族脊梁

他们把青春韶华
献给最需要他们的祖国边防

序　言

我们平安幸福的生活
是因为有他们在负重担当

有一名军人，名叫雷锋。有一种精神，名叫雷锋精神。1962年8月15日，雷锋同志因公殉职；1963年3月，毛泽东主席亲笔题词“向雷锋同志学习”，号召全国人民学习雷锋的共产主义精神品质。2013年3月6日，习近平总书记参加十二届全国人大一次会议辽宁代表团的审议，他强调：“雷锋精神的核心是信念的能量、大爱的胸怀、忘我的精神、进取的锐气，这也正是我们民族精神的最好写照。”赵明环女士的长篇叙事诗《青春永驻，精神永恒》，用朴素而深切的诗句，叙述了雷锋同志短暂而光辉的一生。

你以22岁的青春年龄
走完了平凡而伟大的人生历程
你一步一个结实的脚印儿
把有限的生命投入到无限的为人民服务之中
你从一个在旧社会饱受苦难的孤儿
成长为伟大的共产主义战士时代楷模雷锋！
…………

雷锋叔叔啊
你的爱心正在我们的胸膛跳动
你的精神已融进我们的钢筋铁骨
你的生命正在我们身上延续

你的日记已成为我们的宝贵精神财富

雷锋精神固然需要弘扬，而那些为了保家卫国英勇牺牲的烈士，更值得后人世世代代怀念。在云南麻栗坡的对越自卫反击战烈士陵园里，至今还有一些烈士家属没有去扫过墓。爱心人士在寻找他们，赵明环女士也在寻找他们。她的作品《妈妈，我好想你》，站在烈士的视角，诉说着对烈士妈妈的想念。这是一首用泪水凝结而成的诗歌，感人肺腑，催人泪下，是不可多得的佳作，值得纳入中小学辅导教材。

我好想你，妈妈！
三十多年过去，
我一直在这红土地里
静静地等着你！

我曾告诉白云，
我的家就在那里；
我也曾托付清风给妈妈捎信，
你的儿子在南疆的沃土里等着你！
…………

妈妈你在哪里？
是囊中羞涩难住了你？
还是风烛残年的你，
已经没有了出门的力气？

赵明环女士的家国情怀，是深重的，令人敬佩，她对父母的爱，是细腻的，浸透着一颗女儿心。她的作品《父爱如山》，镌刻着对父亲深深的眷恋。

父亲啊
你对我一直寄予厚望
希望我能成为国家的栋梁
可惜我没有花香
没有树高
但我是疾风中的劲草
用绿叶迎来人间春色
父亲啊
我的行囊里一直装着你的教导

赵明环女士的作品《母爱如水》，娓娓道来，如涓涓细流，流淌着对母亲无尽的追思。

想起妈妈对儿女的叮嘱
想起妈妈的含辛茹苦
往事一桩桩一幕幕
浮现在眼前
令女儿无限怀念

妈妈我爱你
愿来世还做你的儿女

春季的天堂定是鲜花开满地
愿你和父亲执手漫步在花的海洋里
恩爱如初，快乐无比

赵明环女士的诗歌，文笔平实，情感细腻，题材开阔，振奋人心。无华丽的辞藻，无高深的典故，无晦涩的朦胧，有的是共产党员的家国情怀和拳拳赤子之心。赵明环女士的散文，文笔流畅，情感真挚，与诗歌一样的开阔和厚重。

赵明环女士有着深厚而独特的雷锋情结，别人在中秋节想念远方的亲友，追思逝去的前辈，而她在中秋节却想念着雷锋。这份情结，是刻骨铭心的，体现在她的作品《中秋节想起雷锋》。

现在我们处在一个新时代，但是雷锋精神没有过时。并且可以说，我们现在比任何时候更需要雷锋精神，时代呼唤雷锋。

由此我们不难看出，赵明环女士怀念雷锋，她还劝导读者：

我们要知雷锋，学雷锋，做雷锋一样的人，要像习近平主席教导的那样，广播雷锋精神的种子，让雷锋精神在祖国大地上发扬光大，开花结果。

赵明环女士对革命先烈怀有深深的感情，她在作品《英烈们是不应被忘记的》里写道：

我向纪念碑东侧走去，东侧烈士墓群，第一排就是我们这一辈人都非常熟悉和敬仰的杨根思、黄继光、邱少云、孙占元、杨连弟等志愿军烈士墓。

肃立在烈士墓前，我的心情是沉重的、悲哀的，我的脑海里闪现着上甘岭那场惨烈的激战。

赵明环女士爱好文学，尊重科学，更尊重科学家。她在《向致力于祖国科学事业的知识分子致敬》一文中，对“中国光学之父”王大珩先生、著名的光学专家蒋筑英先生、两弹元勋邓稼先先生、航空英模罗阳烈士、地球物理学家黄大年先生、“中国天眼之父”南仁东院士、“两弹一星”元勋之一的郭永怀院士等老一辈科学家，充满了敬仰和感恩之情。她说：

正是他们爱国爱民的使命责任感，忘我奉献的高尚情操，精益求精的科学精神，刻苦攻坚的拼搏斗志，才使我国的科学事业和国防建设在较短时间内赶超世界先进水平，带来祖国各项事业的蒸蒸日上。我仰慕他们，向他们致以崇高的敬礼！

赵明环女士有一颗感恩之心，她在作品《感恩》中写道：

人生是美好的，尽管有时会出现乌云。但心头爱的阳光会驱散阴霾。每个人都不是完美的。我不完美，但我深爱着脚下的每一寸土地……我愿尽我的微薄之力为它耕耘。

赵明环女士心胸开阔，性格开朗，具有老一辈革命家的豁达情怀。她的作品《冬》,开篇描绘了故乡吉林市玲珑剔透的雾凇，接着回忆了在母校毓文中学的青涩岁月，还有到一个小山村下乡插队的八年时光,最后写到去三亚过春节的惊喜。她是乐观的,因为“心中有爱，四季如春”。

窗外的雪停了，太阳出来了，我望着外面一片晶莹闪烁的银白世界，心里一片温馨。回想走过的岁月流年，回望生活过的南方北方,那一幕幕都留在了我心里。南疆北国的冬天各具特色。祖国的锦绣河山都是那么让人眷恋。

细想人生，也如这一年四季。即使在冬季，许多时候也是美好的。把磨难变成财富，把苦水酿成美酒，你就站在了人生境界的最高处。

“把磨难变成财富，把苦水酿成美酒，你就站在了人生境界的最高处。”这就是豁达的赵明环。但她的豁达不止于此,她在《难忘的知青岁月》中有一段感悟，值得我们深思。

我们热血沸腾过，也幼稚轻率过；我们倾情奉献过，也迷茫痛苦过；我们深刻反思过，也万般无奈过。但无论遭遇怎样的挫折，受到怎样的创伤，我们也绝不后退，唱着歌儿向前方。因为我们的理想、人生追求不允许我们脱离应走的路。

《献给祖国的歌》是赵明环女士的又一部力作，精选了一百七十多首诗歌、二十多篇散文。虽不能说每一首都字字珠玑，每一篇都句句锦绣，但可以说每一首都饱含深情，每一篇都掷地有声。这本书籍，出版于赵明环女士入党五十年之际，是献给党的歌，献给祖国的歌，是一部不可多得的爱国主义诗文集，值得广大诗人、作家用心研读，推荐作为中小学爱国主义辅导教材。

是为序。

二〇二四年四月二十日于江苏连云港

（陶士凯，著名诗人、诗词评论家、经典文学网总编、中国百强培训师、中国诗歌学会会员、中国散文学会会员、中华诗词学会会员、中国楹联学会会员）

目 录

第一部分 现代诗歌

第二部分　散文随笔

第一部分　现代诗歌

祖国啊，亲爱的母亲

祖国啊，十四亿儿女的母亲
我们在你的怀抱里幸福成长
我们万众一心
跟着你战胜了惊涛骇浪
我们欢欣鼓舞
跟着你从一穷二白走向繁荣富强

祖国母亲啊
你奋斗崛起
让你的儿女常含热泪激动不已
看那希望的田野上农机在歌唱
看现代化工厂拔地而起

我们拥有了世界领先的高科技
让国防和工农业如虎添翼
看那威武的航母上战鹰凌空飞起
看那神奇的“天眼”望远宇宙世界第一
改革开放，民族复兴
“一带一路”把中国梦和世界梦的桥梁架起

祖国母亲啊
一百多年前“巴黎和会”上那被人宰割的屈辱之痛
永远一去不复返
今朝你屹立于世界民族之林
你扬眉吐气，大国风范
你赢得了尊重，活出了尊严
你挺起胸膛，旗帜鲜明
你在风险和挑战中发展取胜

祖国母亲啊
你多么欣慰自豪
五十六个民族一个也不少
全部脱贫建成了小康社会
我们实现了第一个百年奋斗目标
我们正意气风发地迈进第二个百年奋斗目标

祖国母亲啊
你是多么伟大慈祥
保护着每一个中华儿女
即使在异国危邦
你那一抹绚丽的中国红
引领身陷困境的中国公民
找到了回家的路
让海外赤子冲破艰难险阻

踏上了世间最温暖的归途

现在的世界并不平安
看看那些战乱的国家
流离失所的人们是多么痛苦不堪
我幸运，我是中国人
无论世界风云如何变幻
我们安居乐业，幸福家园

我骄傲，我是中国人
感恩我们的母亲
我们亲爱的祖国
感恩伟大的中国共产党
没有共产党就没有新中国
坚定不移跟党走
永葆江山不变色

祖国啊，亲爱的母亲
在欢度国庆之际
让我把美好的祝福献给你
祝福伟大的祖国永远繁荣昌盛
你的儿女永远团结奋斗，勇敢坚强！
我们永远依偎在祖国母亲的怀抱！
我们永远守护在祖国母亲身旁！

建党百年创伟业·不忘初心再出发

红船密会救苍生
真理唤起民众醒
国共合作北伐战
统一中国民期盼

风云突变蒋叛变
血雨腥风屠杀惨
危急时刻共产党
“朱毛”起义上井冈

红色政权建苏区
马列主义谱新曲
蒋军围剿万千重
绝地反击长征路

血染湘江突重围
“拨正船头”遵义会
四渡赤水出奇兵
用兵如神毛泽东

万水千山三军过
胜利会师在陕甘
延河水啊宝塔山
革命圣地啊延安

全国抗日烽火起
统一战线促成立
人民战争持久战
主席思想锐利器

开辟敌后主战场
出其不意杀寇敌
艰苦抗战十四年
日本投降滚家去

重庆谈判蒋施计
和平建国党诚意
“毛周”赴会“鸿门宴”
《双十协定》国共签

蒋毁“协定”打内战
解放战争炮火燃
三大战役定胜局
雄师过江蒋遁去

中华人民共和国
开国大典惊天地
领袖宏声响世界
华夏开始新世纪

人民当家站起来
翻身解放笑颜开
朝鲜战争突然起
边境无端遭祸灾

抗美援朝党决策
保卫家园捍卫国
全党军民一条心
青年踊跃来参军

英雄儿女跨过江
浴血奋战拼杀场
“向我开炮”炸敌群
王牌惨败纸虎降

从此国威军威扬
人民振奋斗志昂
自力更生苦创业
“两弹一星”强国防

各行各业新气象
四化建设根基夯
和平共处五原则
国际外交风采彰

使命呼唤国强大
改革开放党英明
经济建设为中心
同时抓好两文明

社会主义新特色
探索开拓勇拼搏
“一国两制”构想好
港澳回到国怀抱

工业农业各领域
深化改革生机现
团结奋斗宏图展
喜看旧貌换新颜

绿水青山金银山
乡村振兴美画卷
脱贫致富奔小康
科技领先百业旺

现代化工厂拔地起
产品畅销全世界
水陆空运达四方
世界屋脊通高铁

“天眼”望空达最远
“奋斗者”潜海达最深
人工智能互联网
军工航天果辉煌

航母威威疆海卫
卫星熠熠国生辉
北斗导航耀寰宇
“嫦娥”探月“载宝”归

中国巨轮破浪行
刮目相看西方惊
屈辱历史雪耻尽
大国风范友国钦

世界风云审时清
机遇挑战蕴其中
凝聚国际新共识
平等正义互利赢

人类命运共同体
同舟共济战风雨
“一带一路”幸福路
互联互通促繁荣

民族复兴国安泰
站起富起强起来
社会和谐大爱暖
荡涤邪气除腐败

执政地位防演变
党纪国法惩治严
任重道远千秋业
使命担当薪火传

建党百年风雷激
史诗宏篇感天地
前赴后继英雄谱
丰功伟绩民铭记

历尽艰险志愈刚
战胜苦难铸辉煌
筚路蓝缕创伟业
气壮山河精神扬

建党百年奋斗史
为国为民党宗旨
披荆斩棘战恶浪
迎来祖国今盛世

马恩列毛主义真
擎旗自有后来人
特色思想武装党
创新发展不迷航

新时代启新征程
领航奋进涌群英
同心共筑中国梦
不忘初心砥砺行

放眼世界望全球
风景独好我神州
党旗飘飘再出发
青春中国正芳华

2021 年 7 月 1 日

热血在奔流

血雨腥风已成为昨夜的梦魇
炮火连天已成为往昔的云烟
山河已无恙
国泰民皆安
先烈们的遗愿终于实现
那漫山漫谷的鲜花啊
在丽日下高唱：
“祖国啊
在埋着我的骨骼的黄土堆上
也将有爱情的花儿生长”
“胜利的时候
请你们不要忘记我们”
“我没有写完的诗
你要继续写下去……”

一幕幕一篇篇
令人壮怀悲烈追思无限
不朽的英雄们啊
我们记住了

记住了你们那冲破黑暗的浴血奋斗
记住了你们那宁死不屈大义凛然的呐喊
你们那黎明前的深切呼唤
永远把我们的信仰点燃
我们高举你们的旗
我们接过你们的笔
我们续写着你们没有写完的诗
你们的热血
正奔流在我们的脉管里
你们期盼的可爱的中国
正在世界的东方巍然屹立

在党旗下

面对镰锤旗帜
回眸党的历史
重温入党誓词
举起右手宣誓
心潮依旧澎湃
信仰坚如磐石
一路跟党走来
为国为民宗旨
不忘初心使命
为党奋斗终身
庆党百年华诞
祖国繁荣昌盛
先烈志士如愿
后辈永葆旗红
喜看华夏大地
欢歌劲舞龙腾

忠贞不渝

——纪念两弹元勋邓稼先

走进西北戈壁滩
何惧飞沙走石无人烟
生死度外赴使命
两弹元勋邓稼先

青年早怀报国志
留学美国苦钻研
放弃海外好条件
博士英才回家园

百废待兴国初建
科技强国零起点
研制利器为和平
接受重任搞核弹

1958 年到 1985 年
隐姓埋名 28 年
工作对妻也保密

苦煞爱人许鹿希

坚信丈夫工作绝密
妻子情深明大义：
“放心吧，我支持你！”
稼先临行妻鼓励

工作家务忙不停
儿女幼小老人病
伟哉夫人许鹿希
功劳簿上应有你

原想分别不会太久
可能几个月或一年
两年三年年年等
苦苦等待无期限

1964 年 10 月
我国第一颗原子弹爆炸成功
全国人民都为蘑菇云腾空而雀跃欢呼
1967 年 6 月
又有震惊世界的消息传出
我国第一颗氢弹爆炸成功
可邓稼先此时正经受着成功的激动
和母病去世的悲痛

而许鹿希这时还不清楚
这些成功的奉献者里有自己的丈夫

1967 年 6 月
邓稼先回北京汇报工作
回家见到了分别多年的妻子儿女
爱人清秀的脸庞消瘦了许多
邓稼先心疼不已
看到从前帅气的丈夫
现在苍老了许多
妻子百感交集

28 年间仅有几次
短暂相逢又分离
一心为了国强大
无怨无悔等归期

一次核基地搞试验
邓稼先冒险抱起了摔裂的原子弹
经过分析和测试
邓稼先告诉大家
平安无事，继续试验

医学教授许鹿希
得知此事很担心

在邓稼先出差回京时
强拉他去查身体
邓稼先器官受损害
小便中带放射物

他仍返回基地去工作
不肯停下他的脚步

邓稼先这时已步履艰难，精疲力竭
但仍坚持危险工作亲自上阵
同志们都来劝阻他
他竟以院长权威下命令：
“你们不能去，你们还年轻！”

1985 年
61 岁的邓稼先
被强迫住进了医院
因多次受到核辐射冲击
他已是癌症晚期

妻子知道后失声痛哭
邓稼先却轻松地说：
“我就知道有这么一天，
但我从没有后悔过。”
他微笑着对妻子说：

“我想看一看天安门。”

在天安门前
面对人民英雄纪念碑
面对飘扬的五星红旗
邓稼先长久地敬军礼
神情庄严
无限眷恋

邓稼先的生命进入倒计时
他想到的头等大事
就是向中央提交一份关于中国核事业发展的建议书
尽管病痛难忍，不能久坐
他仍然不停地工作，工作

1986 年 7 月 16 日
邓稼先在妻子的怀中辞别了人间
临终前他叮嘱说：
“不要让人家把我们落得太远……”

哀乐低回，悲恸心碎
共和国卫士
人民的好儿子
两弹元勋邓稼先啊
我们永远学习你的优秀品质

赤子情怀，信念坚定
万难不惧，临危受命
为造核弹，隐姓埋名
义无反顾，率队出征
西北戈壁，沙漠荒岭
没有人烟，恶劣环境

身先士卒，工作求精
舍生忘死，冒险攀登
团结奋斗，核弹成功
奠基宏业，捍卫和平
鞠躬尽瘁，死亦无悔
国家栋梁，民族精英
品德高尚，天地感动
真诚平实，谦让作风
淡泊名利，为国尽忠
落后挨打，临终叮咛
激励国人，砥砺前行
兴我中华，奋斗终身
挥泪忆诲，遗志继承
两弹元勋，光耀日星

邓稼先逝世后
国家给许鹿希分了新房子

但许鹿希没有搬家
她仍然住在和丈夫生前居住的简洁居室里
这里曾经是多么温馨的家
这里有稼先使用过的一切
这里有割舍不掉的回忆
这里有稼先的身影
这里有他的气息

时间又过去了 28 年——2015 年

许鹿希和孩子们合著的《邓稼先传》出版
这时她已是 87 岁的耄耋老人
这些年她不顾年迈体弱
走遍了丈夫工作的地方
她走访了 100 多位丈夫的战友和同行

光阴荏苒，花谢花开
她追寻丈夫的足迹
诠释邓稼先献身国防的生命之光
和他对家人亲友同志的挚爱情长
她写出了对丈夫绵延不尽的柔情和缅怀
折射出人间珍贵的浓情挚爱
折射出他们信仰的力量
大爱的胸怀

在茫茫戈壁滩上
在核基地办公室的墙上
许鹿希看到邓稼先
生前和同志们工作时的照片
条件之艰苦，斗志之旺盛
许鹿希深受感动和震惊
看到一张照片上
是丈夫只身一人走向沙漠深处的背影
许鹿希老泪纵横

在宁静的北京家里
抚摸着 1958 年和丈夫分别前拍下的全家福
她无数次地对心中的爱人说：
“稼先，你对我说过
做好了这件事，你这一生就过得有价值
就是为它死了也值得
是的稼先
我一直等你也值得。”

“稼先，你对我说过
如果人生有来世
你还要选择自己的祖国
还要选择现在的工作
是的稼先
如果有来世

我还做你的妻子
我还一直等你回家
我还是你的希希
我们的爱忠贞不渝
我们对祖国对人民的爱
忠贞不渝。”

2019 年 7 月

向共和国卫士致敬

题记：此诗的素材是解放军报社记者部主办的中国原创军事新闻发布平台发表的梁震、王刚、杨照飞三位记者的一线采访，在此致谢、致敬！

那里海拔 4655 米
那里地处西藏“世界屋脊”
那里就是詹娘舍哨所
是祖国边陲最险要的哨所之一

“詹娘舍”是藏语
意为“鹰都飞不过去的地方”
那里是喜马拉雅山南麓的悬崖峭壁
有长达 7 个多月的大雪封山期
有长达近 9 个月的雷电期
詹娘舍哨所的边防官兵
守护的边界线长 100 多千米

打开哨所的窗户
就能看见外军哨所

看得见他们夜晚照射过来的手电光亮
听得见他们说话放歌

戍边军人都有警惕的双眼
心中坚定保家卫国的信念
吃尽千般苦
战胜万重难

最难最险的是冬季下山
把他们的补给背上山
他们要走 5000 多米的陡峭山路
来回需要 5 至 6 个小时的时间

最难忘的是去年冬季囤大米
有一次他们每人背 100 斤米上山
遭遇大暴雪
山路完全被雪埋没

积雪厚度到了战士们胸口
山高路滑坡又陡
走到通向哨所的最后 666 个台阶
他们只好空身攀走

那真叫个寸步难行

他们用手扒开厚厚的雪
再用脚踩实了雪
向着哨所冰峰
小心翼翼地攀登

头戴的面罩结满冰凌
缺氧的空气挑战体能
筋疲力尽，危险随时可能发生
他们经历了一次意志与生死的抗争

现在的条件已改善变好
2017 年底这里修建了一条
从山脚下通往哨所的运输索道
下山背运货物的次数极大地减少

最神圣的时刻是举行升国旗仪式
每一次将国旗升起在祥云蓝天
战士心中就无比自豪庄严
那是天下最美的容颜
是战士永远的爱恋

为了在哨所上空飘扬国旗
战士们攀爬在千仞峭壁
在一块巨大崖石上
精心绘画出鲜艳的五星红旗

他们还自己设计、备料、施工
沿着山脊越过峭壁
在不足6平方米的悬崖平台上
把旗杆高高矗立
把国旗云中升起

向着国旗，向着朝阳
向着祖国山川、雪域边防
战士们行军礼致敬
把国歌高唱
铿锵的誓言在空中回响：
“这里有我，请祖国放心！”

詹娘舍哨所
是无数边防哨所中的一个
在共和国长长的边境线上
戍边军人日夜驻守
保卫祖国的边疆

他们站岗巡逻在严寒缺氧的雪域高原
他们站岗巡逻在风沙漫卷的戈壁荒滩
他们站岗巡逻在惊涛骇浪的沿海礁岛
他们警惕地守卫在人员复杂的国门口岸

他们是共和国的铁壁铜墙
他们是人民的安全保障
他们才是国家精神的体现者
他们是无名英雄，民族脊梁

他们把青春韶华
献给最需要他们的祖国边防
我们平安幸福的生活
是因为有他们在负重担当

让我们怀着深深的感动感恩
为共和国卫士一百个一千个点赞
让我们怀着崇高的敬意
为我们最可爱的人书写诗篇

2018 年 11 月

青春永驻，精神永恒

——纪念毛泽东等老一辈革命家
　　为雷锋同志题词 60 周年

雷锋叔叔
我还是习惯像当年学雷锋时那样称呼你
虽然我已是夕阳红晚年
而如果你健在
现在也已是耄耋之年
你也一定会像你生前战友们那样
仍然活跃在你热爱的岗位上
你如果能看到现在该有多好啊
此时此刻
我的心情虽然有些感伤
但你思想的火炬，精神的力量
止住了我泪水盈眶
看如今千万个雷锋在涌现，
人间正道是沧桑
雷锋叔叔啊
你一直活在我们心上

你以 22 岁的青春年龄
走完了平凡而伟大的人生历程
你一步一个结实的脚印儿
把有限的生命投入到无限的为人民服务之中
你从一个在旧社会饱受苦难的孤儿
成长为伟大的共产主义战士时代楷模雷锋！

一

雷锋叔叔啊，
你对党的感恩之心报恩之情
从小就无比的赤诚浓烈
1949 年你的家乡解放了
你父亲的生前好友——彭乡长
找到了衣不遮体的你
他把你接到了他家里
给你洗了澡，换上了衣服，做好了饭菜给你吃
你像做梦一样，对彭乡长非常感激
彭乡长对你说
是伟大的党和毛主席救了你
要感谢党和毛主席

当彭乡长送你上学去
当你知道自己没钱也能读书了
你趴在老师怀里哭了

你打心眼里感谢毛主席感谢共产党
你像熬过严冬的小树
在党的阳光下茁壮成长
你是新中国少年先锋队第一批少先队员
你非常珍惜这个光荣称号
你把《中国少年先锋队队章》一直保存在身边

你品学兼优
小学毕业考上了初中
你很渴望继续念书
但你不想让国家再为你花钱
你要挣钱回报党和亲人
16 岁的你走上了农业生产第一线

你要当一个社会主义新型农民
你积极参加生产劳动
当上了秋粮征购助理员
你自编识字教材
业余时间办起了农民扫盲识字班
你得到了乡亲们的好评
乡政府调你去当了一名通信员
你努力工作乐于助人
大家都很喜欢你
你后来又被调到望城县委机关当上了公务员

你工作勤快，积极主动
到县委机关不到三个月就加入了共青团
你还插班参加了县委正在举办的业余初中学习班
你白天认真工作，晚上熬夜读书
把以前没学到的课程全部补上
你终于完成了初中学业，如愿以偿

县委张书记是一位革命老干部
你在张书记身边工作
得天独厚，得到了张书记的教育熏陶
有一次张书记和你走在县城的小路上
你看到一颗螺丝钉闪闪发光
你怕被过路的人踩着硌了脚
就把它踢到了一旁
张书记走了几步弯下腰把螺丝钉拾起来
把它装进自己的口袋
然后对你说国家穷
一颗螺丝钉也不能浪费，滴水成河
不要小看一颗螺丝钉……

这件事对你触动很大
你不仅懂得了要勤俭节约
还懂得了螺丝钉虽小作用大
你向张书记表示一定要做一颗永不生锈的螺丝钉
党把你拧在哪里就在哪里坚守岗位，完好运行。

张书记借给你看毛主席著作《为人民服务》《纪念白求恩》……
还和你进行思想交谈
你决心做一个全心全意为人民服务的人
要像白求恩那样毫不利己专门利人
《钢铁是怎样炼成的》《把一切献给党》《黄继光》……
你读这些红色书籍很受感动
决心以英雄为榜样
你向张书记表达了入党的愿望

小树长成材，乐把重任担
你参加了望城县治沩工程
担任了指挥部通信员
你风雨无阻穿行在大堤上传送通知和文件
你只要有空就参加工地劳动
你工作出色被评为“治沩工程模范”

团山湖农场购买拖拉机号召捐款
你捐的钱最多，倾你所有
你欣喜地当上了县里第一个拖拉机手
你第一次在《望城报》上发表了文章《我学会了开拖拉机》
此期间你还写了小说、诗歌、日记
对美好未来无限憧憬的你啊
犹如鸟儿展开了双翼

二

1958 年 8 月，鞍山钢铁厂到你的家乡招工
你欣然报名
为表达你的建设热情
你把名字“雷正兴”改名为“雷锋”
既表达了你与钢铁结缘
又表达了你要打冲锋当先锋的心愿

车轮滚滚飞千里
把你带到社会主义建设的最前沿
1958 年 11 月，你来到了祖国钢都鞍山
你被分配在洗煤车间当推土机手
你为了多干活主动申请开上了大型号的推土机
你是最早出徒的一员
你后来又带出了三名学员
当领导发给你师傅费
你说自己的技术是党培养的
教给别人理所应当
你退回了这笔师傅费

那个年代一些工人没有文化
厂里举办扫盲学习班
你主动报名担任兼职语文教师
你课讲得好被评为优秀兼职语文教师

1959年夏天，你带头去了一座正在建设的焦化厂
当时那里是最艰苦的地方
11月份天气寒冷，你们紧张施工加班加点
你看到水泥搅拌不匀就光脚跳下去搅拌
工友们也跟着你跳下去不畏天寒

一天晚上天气突变下起了雨
你这时正在调度室看《毛选》
你看见调度员很着急
原来工地上还露天放着7200多袋水泥
你立刻动员全宿舍职工来抢盖水泥
你还拿出了自己的棉被和雨衣

经过一场紧张的"战斗"
水泥保住了，没有受损失
这个事迹还登上了当时地方的报纸
你一贯乐于助人，帮助工友解决困难
还帮助厂附近村庄贫困的农民

你在鞍钢工作仅两年多
就三次被评为先进生产工作者
多次被评为标兵、红旗手
你出席了鞍山市社会主义建设青年积极分子代表大会
你在工作岗位上焕发着火红的青春和智慧

在鞍钢这片热土上
党的教育培养
工人阶级的优秀品质和集体主义的力量
激励着你钻研技术奋发向上

此期间你学习了《毛选》一至三卷
写下许多学习笔记
你写下了动人的诗篇和日记
“汽笛对着初升的太阳
情不自禁的高声歌唱
迎接英姿焕发的工人走进工厂
啊！钢铁的心脏鞍钢
为了祖国的工业化
你永不疲倦的繁忙……”
这些优美诗句就是出自你写的诗歌《可爱的工厂》

三

1960 年 1 月 8 日
你开始了人生道路上的一个重要新起点
你光荣地参加了中国人民解放军
你从小渴望的梦想终于实现

你在新兵连首先遇到的是投手榴弹这一关
你身小力单，开始投弹不合格

就起早贪黑到大操场去练
连长关心你给你做示范
班长也来陪你练
你心里充满了感激
功夫不负有心人
你终于在实弹投掷考核中获得了优秀的成绩

你被分配到了工程兵运输连学习汽车驾驶和修理
你入伍前开过拖拉机推土机
因此你学得很快，还热心帮战友学习
你最先出徒
驾驶着汽车按时完成领导交给你的各项运输任务

你总是想为社会多做贡献
1960 年夏天，你给望花区新建的一个人民公社捐款
你把在工厂和部队积存的 200 元钱都取出来捐献
公社领导考虑一个战士的津贴有限，就只留下 100 元

你入伍才十个月
鉴于你的突出表现
部队党委批准你入党了
当你的入党介绍人高世祥指导员通知你说
从现在起你就是中国共产党党员了，
你像久别母亲的孩子扑到妈妈怀里一样
“哇”地哭了

你哽咽着说
你终于入党了，党是你的再生父母
你要坚决听党的话

你当了副班长，很快又当了班长
你对班里的战士工作上严要求
生活上关怀体贴入微
你多次给家里有困难的战友寄钱
你帮助战友洗衣缝被
你拆下自己的棉帽衬里为战友补好被硫酸腐蚀的棉裤
你帮助战友的事数不胜数
看到不认识的人有困难
你也满腔热忱伸出援手

“雷锋出差一千里，好事做了一火车”
在去兄弟部队作报告的路上
你看见一位在寒风中冻得直搓手的老大娘
就立刻把自己的手套送给她戴上

有一次你在沈阳车站换车
你给一位丢了钱和车票，背着小孩儿的妇女买了火车
　票送她上车
当这位妇女含泪问你叫什么名字，是哪个单位的
你回答说“我叫解放军，家就在中国”

一个风雨交加的晚上
你看见一位怀抱着孩子
手里领着一个孩子
还背着包袱的妇女
走在营地附近泥泞的农村土路上
你立刻走上前去帮助这位妇女
你脱下雨衣给孩子穿上
抱孩子走出 10 多里地
把他们送到家，你又冒雨返回营地

中秋节连队发月饼
你想起旧社会全家人没吃过一口月饼
你想起自己 7 岁时的中秋之夜母亲惨死的情景
你万分悲痛
想到你现在生活幸福参了军
党就是你的救命恩人，再生父母
连队就是你的家，人民都是你亲人
你没有吃月饼，你把月饼送给了营地附近医院的病人
还送去了一封满怀深情的信
你后来还送去了苹果
助人为乐是你最大的快乐

你带头勤俭节约，买来理发工具，给战友们理发
部队每年发军装你总是少领一套
其他物品你也少领

你出差应得补助，可你从来不去申请
你的衣服袜子破了补了又补
你在班里做了一个节约箱回收废物
你出车拉水泥
每次卸车你都把洒在车上的水泥扫起
攒在一起送回工地

雷锋叔叔啊
你做的这些事儿虽然不惊天动地
但你仍执着地去做这些点点滴滴
倾注了你对党对祖国的无限热爱
表现出你为人民服务完全彻底

你一直不忘学习
你在部队学完了《毛选》四卷
写下许多心得笔记和眉批
你晚睡早起，发扬钉子“挤”和“钻”的精神，刻苦学习
你还在大会上作过学习毛主席著作心得体会的报告
带动战友们共同学习
毛主席著作对于你
好比粮食和武器
好比汽车上的方向盘……
是你不竭的原动力
使你懂得了人生的意义

此期间你还担任了小学校外辅导员
被共青团抚顺市委授予“优秀校外辅导员”
你当年辅导过的红领巾都成了国家的优秀人才
如今他们都已年逾花甲
仍在发挥余热，活出人生精彩
你的言传身教潜移默化地影响激励了他们一生
和雷锋叔叔在一起的那些美好回忆
永远珍藏在他们心里

你在部队一共度过了两年零八个月就获得了很多荣誉
被评为节约标兵、五好战士、模范共青团员
当选为抚顺市第四届人大代表、沈阳军区首届团代会特邀代表
荣立过二等功、三等功
在解放军革命大熔炉里
你锻炼成长，淬火成钢

四

雷锋叔叔啊
岁月沧桑抹不去我们对你的无尽怀念
你送给人们的温暖永留世间
你的生命定格在 22 岁年龄，
你青春永驻，永远年轻

时代需要雷锋
人民呼唤雷锋
我们踏着你闪光的足迹
信心百倍，砥砺前行

我们学习你把党和人民利益放在第一位
爱岗敬业精益求精
做一颗永不生锈的螺丝钉
我们学习你有强烈的使命责任感
在挑战和机遇中锐意进取永向前

我们要传承你艰苦朴素勤俭节约的美德
反对享乐主义、奢靡之风
我们要头脑清醒，警钟长鸣
让好的风气在全社会蔚然成风

我们要发扬你理论联系实际的好学风和务实精神
努力掌握习近平新时代中国特色社会主义思想
开拓奋斗深入实践
在知行合一上不断自我完善

祖国建设的各条战线
无数英雄在平凡岗位上做出的业绩不平凡
在危难时刻挺身而出，排除万难
多少无名英雄在埋头苦干默默奉献

雷锋叔叔啊
你的爱心正在我们的胸膛跳动
你的精神已融进我们的钢筋铁骨
你的生命正在我们身上延续
你的日记已成为我们的宝贵精神财富

品读你的美文诗篇
凝望你的一张张照片
你那春天般的笑脸
光彩照人间
雷锋叔叔啊，你从没有走远
你永远与我们同行
“雷锋啊，活着！
雷锋啊，永生”

他将生命的最后一次心跳献给了祖国

——怀念“核盾功勋”林俊德

一

拳拳赤子心“核盾功勋”人
林俊德院士感动亿万人
青年品学优感恩志报国
献身核事业扎根罗布泊

新疆大戈壁马兰核基地
英雄儿女啊功业惊天地
困难踩脚下拼搏齐奋斗
开拓创新篇为国铸重器

初到大荒漠条件极艰苦
住地窖战严寒斗酷暑
玉米面窝头咸涩饮用水
漫天黄沙卷攻坚无怨悔

原子弹啥样谁也没见过

测量核冲击波的仪器谁也没做过
外国对我国搞技术封锁
科研精英绝地反击锐意探索

研制小组组长林俊德
受命负责研制核爆炸冲击波的压力自记仪工作
他废寝忘食查找有限相关资料做过无数次试验
他从自行车和钟表摆动当中受到启发终于研制成功了
钟表式压力自记仪
赶在了我国第一颗原子弹爆炸之前

艰难困苦玉汝于成
自 1964 年至 1967 年我国原子弹氢弹先后爆炸成功
举国齐欢腾西方震惊恐
自 1964 年我国第一颗原子弹爆炸成功至 1996 年在成功进行了一次地下核试验后宣布停止核试验
我国总共进行了 45 次核试验
林俊德全部参加重任在肩
45 次核试验爆炸冲击波数据保存得准确完善

二

随着第一颗原子弹爆出震天巨响
林俊德的名字传遍整个试验场
当时年仅 26 岁的他带领几个同事身穿防护服顶着核爆

的浓烟冲进中心现场
他们对核爆炸冲击波进行了仔细测量

他带领团队成功研制的钟表式压力自记仪
准确地测量记录了核爆炸冲击波的数据
这一组数据成为当时核爆现场总指挥张爱萍将军向周恩来总理报告原子弹爆炸成功的重要依据
也是中国向世界宣布我国原子弹爆炸成功的有力证据

看到自己的工作和国家命运紧密结合在一起
林俊德激动感慨不已
守卫国家和人民任重而道远
为此他拼命工作
对可能存在的核辐射污染他从未有过丝毫犹豫退缩

首次氢弹原理性试验和冲击波测量需在高空进行
仪器的工作条件要求在零下 60℃的环境
为此林俊德和同事们爬上了 3000 多米冰雪封冻的高山顶
后来他们又将氢气球放飞到高空反复试验解决了难题
赶在了氢弹原理性试验前研制出高空压力自记仪
为飞机投放氢弹安全论证提供了科学依据

地下核爆炸冲击波的测量更具挑战性
林俊德工作组建立了十余套测量系统
并对每套系统不断测试改进

终于发明出地下核试验应力波的测试系统

无数次与危险擦肩而过关键时刻他冲在前
都只为更完全更细致地记录下试验数据
为后来的研发提供更有效的佐证和依据
林俊德先后研制出一系列装备
形成了完整的核爆炸冲击波机测体系
他的科研成果已被应用到国防尖端武器研制和工程防护及民用爆破等相关领域

林俊德以无私奉献的精神投入到国防科研事业中去
林俊德院士淡泊名利多次谢绝个人奖项
1990 年被评为“中国有突出贡献的中青年专家”并获得“核盾功勋”的荣誉
1993 年林俊德晋升为少将军衔
2001 年当选为中国工程院院士并先后获得国家发明奖 2 项、国家科技进步奖 2 项、二等以上省部级科技进步奖 122 项

林俊德院士是博士生导师
他治学严谨诲人不倦
他给每个学生都建立了成才档案
既带方法技术更带思想作风
他带出的学生都成为国防科技领域的骨干精英

林俊德院士是著名专家、将军
他坚持不要秘书并一直免费讲学
他爱心无限朴素勤俭一块手表戴了 15 年
他为家乡的人们排忧解难
为灾区的人民悄悄捐款

三

隐姓埋名 52 载潜心铸造大国重器
林院士晚年仍忘我地工作自强不息
然而在 2012 年 2 月领导见他脸色憔悴多次劝他去北京医院看病
2012 年 5 月 4 日经北京 301 医院检查确诊为胆管癌晚期

林院士得知自己病情后放弃了医生建议的手术和化疗
他牵挂着国家分给他的保密项目还没做完
他执意离开了北京在爱人陪同下返回西安
他一到西安就立刻投入工作忍受着病痛的熬煎

5 月 23 日在组织再三催促下他才住进了西安的军医院
住院后医生就决定立刻对他进行手术治疗
林院士再一次拒绝了手术他对医生说道：
“我是搞核试验的，一不怕苦，二不怕死，我现在需要的是时间，能工作一天是一天，你们不要再劝我了。”

林院士住院期间仍整天工作不肯休息
他的电脑里倾注他几十年心血的科研资料全部掩藏在十几万个文件夹里
还有学生的论文需要审阅许多技术方案等都需要整理
他怕自己的有限时间来不及

5 月 26 日林院士的病情突然恶化被送进重症监护室
他从昏迷中醒来后坚决要求回到能工作的普通病房
医生只好答应他众人把他搀扶到普通病房的电脑桌前
林院士戴着氧气面罩身上插着十几根医疗管线一直工作到晚上

5 月 29 日林院士的病情更加恶化他再一次拒绝手术
“我没有多少时间了。”他请求医生扶他起来工作
极度虚弱的林院士用颤抖的手点击着鼠标整理电脑里的资料审评学生的论文
他还为一篇博士生论文写下 6 条建议和评语达 300 多字

5 月 30 日病情危重的林院士在众人搀扶下坐在电脑桌前已工作很久了
大家几次劝他休息他都拒绝了
这一天他还见了他的学生和单位领导
并对学生的毕业论文作出指导
也最后一次和单位领导交接工作合影留念

并留下了宝贵的遗言

5 月 31 日早上生命垂危的林院士
先后 9 次向医护人员请求下床工作：
“我还有没做完的事情，扶我起来下地工作。”
为了不让他留下遗憾
众人搀抬着他艰难地走到电脑桌前……

电脑看久了他已视力模糊不清
戴着眼镜的他仍问女儿：“我的眼镜呢？”
女儿含泪说：“眼镜你正戴着呢！”
医护和家人多次劝他上床休息
他喘息着说：“坐着休息，躺下就起不来了。”

林院士在生命的最后三天里整理科研资料 1.5G 工作全部交接完毕
他把自己的技术思想和技术方案留给了国家
临终前几个小时时而清醒时而昏迷
仍嘱咐身边的学生和家人办公室里密码箱怎么开哪些资料需要整理要注意保密……

弥留之际他叮嘱他的爱人也是他的战友黄建琴：
“葬礼从简不许收礼金，
不许向组织提任何要求
把我埋在马兰。”

2012 年 5 月 31 日 20 时 15 分林俊德院士与世长辞
这位战士、将军英勇奋斗了一生
在住院的 8 天时间里他拒绝手术把病房作为战场以惊人的毅力与死神抗争
在遭受癌痛折磨生命之火将要熄灭的时刻
仍向理想目标发起最后的冲锋
直到完成自己的使命才停止了心跳走向永恒

英雄的壮举震撼人心让人泪目
2013 年 2 月林俊德院士当选了“2012 年度感动中国十大人物”
2018 年中央军委批准增加“献身国防科技事业杰出科学家林俊德”
为全军挂像英模

林俊德院士生前始终有一个信念
要为国家打造一张足以应对任何威慑任何核讹诈的王牌
他留下 163 字遗言：
“我们要永远自力更生，这个很重要……
艰苦奋斗，无私奉献，希望大家发扬马兰精神……”
赤子之心浩气长存！

四

魂归马兰——林俊德院士实现了最后的心愿

那里是他永远的眷恋
他的壮丽青春他的报国梦想
他的美好爱情他一生的奉献
都写在了那片土地上

马兰花开胡杨屹立沙海浩瀚
共和国卫士精英在此把忠诚奉献
历尽艰险成功绽放了升腾的蘑菇云
祖国从此有了利器核盾

干惊天动地事做隐姓埋名人
无怨无悔呕心沥血奋斗终身
林俊德院士永远地安眠了因为他太累了
但他思想精神的火炬永远闪耀着光辉
他创造的科技成果永远护佑着祖国造福人类

林俊德院士啊
你不仅是全军的英雄模范
你也是全国人民的榜样典范
罗布泊不会忘记祖国不会忘记
人民永远铭记：

你是最美奋斗者
你是新时代最可爱的人
你是奋不顾身的战士

你是功勋卓著的将军
你是高山仰止的导师
你是献身国防事业杰出的科学家——
你不会倒下你永远活着！

致敬林俊德院士！
致敬“核盾功勋”人！

向抗美援朝保家卫国的人民英雄致敬

——纪念中国人民志愿军抗美援朝出国作战 70 周年

眼望断桥心凄怆
遥想当年美机狂
大桥拦腰被炸断
边境无端遭祸殃

抗美援朝军号响
英雄儿女跨过江
岂容战火烧国门
誓死保卫我家乡

出师告捷连连胜
地下坑道筑长城
卧冰吃雪嚼炒面
冲锋陷阵歼敌顽

黄继光胸膛堵枪眼
掩护部队总进攻

邱少云痛忍火烧身
直到牺牲潜伏不动

毛泽东之子毛岸英
以身殉国埋异邦
多少祖国好儿女
英雄热血洒疆场

殊死搏斗勇善战
坚守阵地刀光闪
“向我开炮”炸敌群
“王牌”惨败悲哀叹

板门店处纸虎服
从此停战国威扬
举国欢庆齐注目
盼望英雄回家邦

鸭绿江兮碧水寒
多少将士不复还！
勇士忠骨亲友泪
遥望朝鲜众青山

为有牺牲多壮志
继承遗愿护中华

寒江断桥警钟响
强军强民强国家!

使命担当接力赛
共圆国梦献年华
英烈有知应笑慰
神州开遍幸福花

硝烟散去几十载
英雄气概依然在
缅怀英烈敬英雄
丰碑永矗人心中!

缅怀毛岸英烈士

——素材取自电视连续剧《毛岸英》

毛岸英烈士，童年血泪多
父上井冈山，与母监牢坐
母亲受酷刑，岸英受罪苦
与母生死别，悲痛儿难诉

与弟饥寒迫，岸龙病夭折
呼天天不应，哭熬两哥哥
流浪街头上，岸青被打伤
地下党营救，哥俩脱虎口

送苏去学习，参苏保卫战
加入苏共党，进军事学院
在坦克部队，任连指导员
驾驶苏坦克，打到德柏林

归国临行前，斯大林接见
终于回延安，父子得团圆
一别十九载，悲喜交集感

说起母牺牲，岸英泪涟涟

父恸问岸英，母有何遗言
为党献身勇，永爱毛泽东
极度悲哀中，父言痛肺腑：
“开慧之死，百身莫赎”
“开慧女豪杰，大丈夫气概”

延安根据地，文书兼翻译
革命熔炉炼，伟父教子严
岸英去农村，“劳动大学”念
深入民众中，甘当小学生
去农村土改，不负父期待
锋从磨砺出，香从苦寒来
淬炼成好钢，岸英栋梁才

解放战争起，三大战役胜
北平传捷报，和平解放了
西柏坡沸腾，居民齐欢庆
中央将进京，北平有险情

敌特搞破坏，炸弹地雷埋
岸英勇请战，参加先遣班
带领扫雷队，率先进北平
冒险拆炸弹，扫雷排险情

主席党中央，安全进北平
岸英心愉悦，接受父检阅
主席面微笑，岸英最高誉
此景常想起，激励永铭记
陈毅亲点名，岸英又去沪
带领扫雷队，执行新任务

新中国成立，百业待兴起
岸英提申请，获准下基层
调到工厂去，任厂党书记
拜工人为师，生产掀高潮
与众同吃住，办业余夜校
岸英有规划，投身现代化

朝鲜战火起，抗美援朝急
保家卫国战，报名第一人
岸英赴朝鲜，父嘱牢牢记
跟随彭司令，参谋兼翻译
战地献良策，外语及时译
冒险排哑弹，解决大问题
好钢用刀刃，彭总心欢喜
火中救朝民，大娘心感激

美军太嚣张，飞机轰炸狂
为抢出文件，岸英冲进房
敌投燃烧弹，房屋被火烧
司令部烧毁，岸英被烧焦
同时牺牲者，还有高参谋
彭总悲痛极，战友皆哀伤
忠骨埋异国，英魂回家邦
哀之父最痛，遗物永珍藏

爱人刘思齐，久盼岸英信
父瞒不忍说，很久才知悉
如晴天霹雳，悲痛欲绝矣！
父哀难忍泣，手冰冰凉矣！
痛对思齐说：“从今以后
你就是我的大女儿！”
思齐心疼父，挥泪辞别离
终日哀笼罩，不信岸英去
悲痛化动力，去苏联学习
学成回祖国，常去看主席

光阴荏苒逝，怀念岸英深
思齐看父亲，请求去朝鲜
为岸英扫墓，寄情哀思苦
主席暗悲伤，心亦有此意
思齐亦代父，祭扫岸英墓

主席用稿费，作思齐路费
不花国家钱，不惊动朝鲜
“到那儿要保密，不给添麻烦
和韶华妹妹，悄悄去悄悄回！”
思齐记父嘱，踏上悲伤路

思齐到朝鲜，在岸英墓前
祭言痛心脾，让人泪潸然
满山金达莱，是为英烈开
岸英和战友，异国他乡眠
为国洒热血，为和平献身
人民永不忘，最可爱的人
中华好儿女，民族之英魂
光辉同日月，精神感召人

山河已无恙，英烈慰九泉
生命化永恒，丰碑矗人间
血染战旗红，爱国薪火传
缅怀敬英烈，奋斗开新篇！

英雄不朽

巍巍的长白山啊
是英雄不屈的脊梁
滔滔的三江水啊
把英雄的故事日夜传唱
茫茫的林海雪原
有英雄们战斗过的遗迹
广袤的黑土地
永远把抗联英雄铭记
为了挽救中华民族
他们与敌人血战到底

用心声编织永恒的花环
在这人间四月天
我们把英烈们祭奠
遥望万里云天
追思无限
抗联精神永垂青史

红色基因我们要代代相传

2017 年 4 月

注：三江，指东北黑龙江、乌苏里江、松花江。

无名烈士

在那村旁的青山上
有两座抗联烈士的坟茔
村民们说他们是当年打日本鬼子而壮烈牺牲
却不知道他们的姓名

每当人们从那里走过
有人唱起《朋友再见》的歌
在清明来临的日子
有人为他们上坟烧纸
无名烈士啊
我们虽不知你们家在哪里
但我们不会让你们太孤寂

2014 年 4 月

老区绝恋

在井冈山革命根据地
曾经有这样一位老奶奶
她独自一人守空房
她为人善良又和蔼

她常登上村旁的山岗
遥望着山路弯弯细又长
一首自编的山歌
向着青山白云唱：

“啊呀来哎——
唱起山歌可真难
不知你呀在哪边
让我等来我就等
等你一年又一年
红军哥哥呀
你到底在哪边？”

听人们说

她曾是刚过门两天的新娘
当年她的丈夫红军哥哥
跟随红军长征去了远方

临行时她丈夫紧握着她的手
深情地对她说：
“等着我！
我一定会回来！等着我！”

新娘心似黄连含泪笑
腼腆地依在丈夫的怀抱：
“我一定等你回来！
你可一定要回来！
一定回来！”

枪炮声声从远处传来
新娘送红军哥哥出村外
部队出发急行军
全村老少送亲人
望穿秋水泪汪汪
亲人何时回家乡

根据地沦陷
百姓遭灾遭难
不畏血雨腥风

坚持地下斗争
英雄的井冈山人民啊
终于盼来了新中国的黎明

当年村里长征走出去的红军
陆续有了音信
她也四处打听
把红军哥哥找寻

有人对她说：
“你丈夫已经牺牲了。”
她不相信：
“他说过的一定会回来
他一定回来！”

多少个不眠的夜晚
她拿出珍藏的新婚时穿的绣花鞋
回忆着那些幸福甜蜜的时刻
她抱着丈夫用过的枕头
仿佛是在新婚时的被窝
感动柔情在心里
像一条欢乐的小河

眼泪情不自禁地流
打湿了枕头：

"一生只为你守候
无论你在哪里
我都永远等着你
没有谁能代替你
你一定会回来
我会一直等着你！"

春天来了
看见鸟儿飞翔峰岭叠彩
她憧憬着她的红军哥哥
从那开满鲜花的山路上走来
她跑上前去
相见多欢喜
无言泪如雨

夏天荷花映日暖风习习
想起她和红军哥哥
从小青梅竹马
爱情甜如蜜
多少美好的回忆留在相思里

秋风秋雨愁满天
梧桐细语话绵绵

想起送行红军哥哥
最痛最伤泣涕涟涟
“等我”“等你”山盟在
海枯石烂心不变

雪花飘飘冬季寒
红军哥哥还没回家园
转眼又要过新年
妹妹最怕过年关
梦里和你在一起
醒来孤独失落泪湿衣
内心痛苦向谁诉
凝望月亮思念你
想要给你备寒衣
不知你今在哪里

春夏秋冬四季轮回
年复一年岁月如流水
新娘青丝变白发
少妇变成老奶奶
等红军哥哥的心如初
地老天荒不可改
心中的歌儿常在唱
简陋的茅屋余音绕梁

当地政府要给她盖新房
她谢绝了，对他们讲：
“我若离开这里
红军哥哥回来就找不到我了
我得住在老屋里
这里有我不忘的回忆
这里有他温暖的气息。”

村里人都很尊敬她同情她
乡政府的人也来看望关心她
她衣食无忧
心灵手巧勤俭持家
乡亲们的孩子常常去她院里玩耍
听她讲过去的故事
帮她扫院浇花
欢声笑语驱散了她的许多离愁
你看她沧桑的笑脸像一朵秋天的菊花

在生命的最后日子里
在她精神恍惚的弥留之际
她让人给她穿上了那双绣花鞋
她的眼睛睁得很大很美丽
她的脸上含着微笑
她断断续续地喃喃絮语：

“红军哥哥，我跟你去……
红军哥哥，等等我……
我跟你去……跟你去……”

2017 年 3 月

爱情圣地爱意浓

美丽的山东沂源
是闻名遐迩的牛郎织女神话传说之乡
一年一度的中国（沂源）七夕情侣节
吸引着八方游客来祈福观光
爱情圣地旖旎风光
人杰地灵，令人难忘

大贤山织女洞
在山体悬崖处
古建筑依山就势，巧夺天工
沿着陡峭的石阶走进洞
王母织女的彩色塑像
分别端坐在两屋

美丽善良的织女啊
脸上充满了无奈和忧伤

隔壁的王母娘娘
是一副威严霸气的模样

从洞里天窗向外远眺
巍巍群山白云缭绕
好似仙女的裙裾飘飘
织女可是从这里飞到那边
与牛郎相逢鹊桥？

“柔情似水
佳期如梦”
忠贞不渝的爱情
千百年来让世人感动

生活在这片土地上的人们
把牛郎织女的故事世代传颂
在牛郎织女景区
七夕情侣节开幕那天
一对对新婚青年
挽臂走过红地毯
走上掌声四起的舞台
举行集体婚礼
齐诵爱情宣言

接着是双双对对的金婚老人
盛装执手走过红地毯
站在欢声阵阵的舞台
接受人们的美好祝福
讲述他们的相濡以沫，相爱永远

温馨快乐
和谐美满
爱意情浓
大美沂源

七夕之际仰望银河
夜空深邃，群星闪烁
可怜牵牛织女星
仍在天河两岸隔

爱情神话寄夙愿
愿有情人都如愿
迢迢牵牛织女星
遥遥相望泪光闪

俯瞰人间故乡园
牛郎织女羡慕又感叹：
“真遗憾！

恨没生在今世间！”

2015 年 8 月

注：山东省沂源县 2007 年获“牛郎织女传说之乡”称号，2008 年被列入国家第二批非物质文化遗产保护名录。

梅雪之恋

娇羞美颜笑含情
依偎琼絮佳期梦
苦苦相思今相逢
何惧天寒地封冻
梅慕雪洁润万物
唯爱红梅眷始终
雪恋梅花一知己
专为冰凌绽芳容

2017 年 12 月

天地情深爱永驻

情到深处与天抒
松柏和风轻吟咏
百花含笑芳草劲
心如朝霞看日出
淡泊世间红尘事
无怨无悔行我悟
远山呼唤曾记否
天地情深爱永驻

2018 年 8 月

七夕遐想

人间是七夕
天上是何年
牛郎和织女
可咏《鹊桥仙》

柔情似水
佳期如梦
不忍离别泪
洒作满天星

雷锋：永远的榜样，道德的丰碑

——纪念雷锋同志因公殉职50周年

你是在湘江边长大的青年，
在辽沈大地上绽放了最美好的青春。
你是有过血泪童年的战士，
熬过了严寒的冬天，
最知道春天的温暖。

感恩的心，报恩的情，
你“唱支山歌给党听”。
战士的使命，历史的重任，
你时刻都在践行。
无私奉献，锐意进取，
你愿做社会主义事业大机器上的
一颗永不生锈的螺丝钉。

平凡而伟大的雷锋啊，
你真的离开我们半个世纪了吗？
不，你还在我们前进的队伍中！
从伟大领袖题词“向雷锋同志学习”，

到习近平主席教导我们做广播雷锋
精神的种子
你的山歌已唱响祖国的
青藏高原、南疆北国，
你的事迹仍在激励着亿万民众。
榜样的力量大无穷，
千千万万的人正踏着你的足迹前行。

50 年的岁月，
雷锋啊，你一定看得见，
祖国经历了今非昔比的巨变：
走向复兴的中华民族屹立在
世界民族之林，
我们有了原子弹、氢弹、航空母舰；
北京奥运，中国金牌总数位居第一；
中国宇航员遨游太空，
开辟了我国航天史的新纪元；
改革开放深入人心，科学发展蔚然成风；
富国强民的中国梦
正在我们的奋斗中努力实现。

“人间正道是沧桑”，
乌云遮不住太阳。
邪恶、卑劣、贪污腐败是人们所唾弃的，

善良、公正、大爱无疆才是人心所向。
雷锋啊，你对此也一定很有信心，
绝不会失望迷茫。

当我还是少先队员的时候，
雷锋叔叔——
我就被你深深感动。
我想对你说很多很多……
虽然我们和你相比差得太远，太远，
但我们心里一直渴望跟你越来越近……

光阴荏苒、日新月异。
雷锋啊，
你一定会为祖国的繁荣昌盛而骄傲；
为人民生活得幸福快乐而欢欣自豪；
你也会为你的精神正在发扬光大、
开花结果而感到欣慰。
平凡而伟大的雷锋啊，
你永远是我们光辉的榜样，
道德的丰碑！

2012 年 8 月

为中华之崛起而读书

——赞“全民阅读”

华夏文明，灿烂辉煌。
中华儿女，礼仪之邦。
“为中华之崛起而读书”，
全民阅读，社会书香。

先哲经典，博大精深。
红色文化，理明义真。
志士仁人，报国为民。
振兴中华，传承创新。
祖国文化，民族之魂。
勤奋学习，付诸实践。

国家兴亡，匹夫有责。
勇于担当，不负使命。
爱国爱民，工作敬业。
服务社会，乐于奉献。
礼貌待人，诚信友善。
家庭和睦，孝悌俭廉。

好学进取，团结互助。
遵纪守法，率先垂范。

全民阅读，书香中国。
古今贯通，中外融合。
博采众长，完善自我。
代代相传，传统美德。
精神丰富，物质文明。
共筑梦想，强盛祖国。

2016 年 12 月

看《读书笔记》

深夜里
万籁俱寂
同学们睡得甜蜜蜜
我翻阅着读书笔记

默读先烈们用生命写成的诗句
激昂悲壮笼罩在我心头
不朽的英雄们啊
你们永远活在伟大的事业中

你们的热血正在我们的周身沸腾
你们的红心正在我们的胸中跳动
我们高举你们的旗帜
我们也要用你们的精神塑成！

深夜里万籁俱寂
同学们睡得甜蜜蜜
我翻阅着读书笔记
沉浸在庄严的激情里

读书笔记

我多么珍爱你
在这广阔的天地里
你是我刻苦磨炼的动力

多读多想
多写多记
一定要用伟大的理性
指导实际

1973 年 11 月于小山村集体户

风雨彩虹

五月的天像小孩儿的脸
说变就变
突如其来的暴雨加狂风
把我全身打透
我艰难地往山上走
脚在灌满雨水的鞋里
像条泥鳅
翻过了一座山坡
走到了一片芳草地

这时雨过天晴
大自然充满生机
五颜六色的野花挂着水珠
在风中微笑玉立
蝴蝶在我身边飞舞
蜻蜓也过来嬉戏
树林一片葱葱郁郁
斜阳透过浓密的枝叶
把余晖洒向大地

小鸟们藏在丛林里
不停地啾啼
好像调皮地对我叫着：
“你看不见我，
我却看得见你……”

从山上蜿蜒而下的小溪
淙淙流淌，泛着涟漪
像美妙的乐曲融入我心里
大雨洗过的天空清澈万里
突然一道绚丽的彩虹
从群山上横空飞起
我惊喜地欢呼雀跃着
挥手向天际
醉在仙境里……

1972年夏天的小山村

妈妈，我好想你

在云南麻栗坡的对越自卫反击战烈士陵园里，至今还有一些烈士家属没有去扫过墓。爱心人士在寻找他们，愿此诗能有所帮助。

我好想你，妈妈！
三十多年过去，
我一直在这片红土地里
静静地等着你！

我曾告诉白云，
我的家就在那里；
我也曾托付清风给妈妈捎信，
你的儿子在南疆的沃土里等着你！

然而风来了，云去了，
他们说，没有消息，没有消息……
身旁的木棉花也无奈叹息，
为我默默哭泣……

妈妈，三十多年前的那次战斗中，
我和战友们
把被战火烧毁的军旗
插上了主峰阵地！

妈妈，坟墓里埋葬的
可能只是我的一只手臂，
甚至是一件我心爱的魂衣！
我和战士们用鲜血和生命
捍卫了祖国的每一寸土地！
妈妈，儿子争气！

记得小时候，
妈妈的怀抱温暖着我；
长大了，
妈妈的疼爱从未离开过我；
我当兵入伍时，
妈妈泪洒我崭新的军衣。
如今三十多年过去，
我仿佛看见妈妈还倚着门等着我，
饭桌上有我熟悉的饭菜飘着香气。

三十多年无法移动的墓碑，
三十多年无数个斗转星移。
风儿来了又走，

一遍遍擦拭着墓碑上的尘霜雨滴。
鸟儿去了又来，
一次次地哀鸣悲语……

妈妈你在哪里？
是囊中羞涩难住了你？
还是风烛残年的你，
已经没有了出门的力气？

妈妈呀，孩儿不孝，
不能给你养老。
虽说是自古忠孝难两全，
但想到晚年孤独寂寞的妈妈，
孩儿难过愧疚啊！

妈妈啊，
战火中幸存的战友来看我，
他们说：战友啊，你牺牲时才十八九岁，
人生的船帆，才刚刚启航。
他们泪水流淌，
诉说着我们是怎样血战沙场，
生死不忘。
他们也誓言铿锵，
将悲痛化为力量！
他们把鲜红的玫瑰花

插在我和所有烈士的坟墓上。
他们依次点燃蜡烛
整个墓地都闪烁着烛光。

然而一声声的哭泣，
一阵阵的脚步声，
我却依然没有看见
我盼望的妈妈的身影。

妈妈你在哪里？
我的亲人在哪里？
我在红土地里哭泣……
妈妈我好想你呀，
我一直在等你，
妈妈，我好想你，
好想你……

作者：王开云　雪浪　赵明环
2017年1月

祭孔遐想

踏上这片土地
心中充满温暖和敬意
这里是孔子故乡——
儒家文化发祥地

2017 年 9 月 29 日上午 8 时
正值孔子诞辰 2568 周年纪念日之际
海内外华人、国际友人、孔子后人等 3600 余人
从祖国各地，从海内外千里迢迢前来祭奠
曲阜孔庙艳阳高照
旗帜飞舞人海如潮
随着悠扬典雅的古乐声声
丁酉年祭孔大典隆重举行

我在祭孔队伍里
怀着虔诚的心
向先师祭拜
恭听祭文
瞻仰圣像

心中波澜澎湃

大哉孔子
您深邃的思想理念
非凡的人格魅力
透过 2500 多年的时空
依然闪耀着无比的光芒
你集思想家、教育家、政治家、哲学家于一身
我们怀着无比崇敬的心情
再一次走近您

您一生不懈地求索
不畏惧磨难坎坷
您留给世人最重要的文化遗产
就是儒家的思想体系
“仁”即“爱人”
“修身齐家治国平天下……”
我们铭记在心

先师晚年兮悲壮而心忧
您深知自己的思想政治主张在当时不能实现兮因国不统一
您预言几百年以后兮您的学说必定成为华夏正统
您不再参与政事兮除教书育人外就整理文化典籍全身心投入

删订六经工作浩瀚艰苦兮《春秋》是您的专著
先师晚年子丧爱徒亡兮您悲痛欲绝放声痛哭
强忍哀伤继续完善经典兮先师废寝忘食奋笔疾书

《诗》《书》《礼》《易》《春秋》得以存世兮先师功高劳苦
先师的言论集《论语》兮是儒家经典之大成，由弟子回忆先师教诲兮撰写完成
六经和《论语》兮是中华民族伟大思想的智慧结晶，熠熠生辉兮华夏文明
中国跻身于世界人类文明之“轴心时代”兮因伟大的孔子诞生

圣哉孔子
您在天堂定会有知
今朝的华夏大地国泰民安
您心中的乌云应早已被驱散
“仁政爱人，大同社会……”
您的夙愿正在实现！

2017 年 10 月

这是英雄的土地

这是英雄的土地——
山东省济宁市金乡县羊山镇
这里曾是兵家要地
著名的鲁西南战役的最后一战
也是最惨烈的一战——羊山战役
就发生在这里

脚步轻轻
心情凝重
我肃立在烈士墓前
向烈士鞠躬默哀
一块块墓碑，铭刻着烈士的英名
更多的烈士姓名没有留下来
苍松翠柏在微风中轻语着
好像是烈士的英灵在述说
这里长眠着 1410 位烈士啊！
一个个年轻鲜活的生命
英勇无畏地阵亡牺牲

心中沉痛，追思无限
耳边犹闻当年战士们的杀声呐喊声
眼前犹见战场的炮火硝烟
将士们拼死与敌人激战
反复争夺阵地，浴血巷战
终于把胜利的旗帜插上了羊山

鲁西南战役胜利的意义非凡
解放战争开始
蒋军对我解放区实行全面进攻
进而改为重点进攻
蒋把大量兵力调遣
重点进攻陕北和山东
中共中央撤离延安

1947 年 6 月 30 日
刘邓受命重任担
挂帅出征挺进大别山
旨在减少敌军进攻解放区的兵力
把战争引向敌占区
解放战争由战略防御转为战略进攻
党中央毛主席英明的决策
伟大的转折点在此一举
刘邓大军强渡黄河越天险
拦腰斩断蒋防线

蒋调集兵力 18 万
还派飞机来助战
我军鏖战鲁西南
九战九捷敌败惨
战役持续 28 天
至 7 月 28 日上午 8 时
羊山战斗胜利捷报传

鲁西南战役的胜利
开辟了进军大别山的道路
拉开了人民解放军战略进攻的序幕
此次战役
我军歼敌九个半旅超 6 万
我军伤亡 13000 人

走进羊山革命烈士陵园
参观鲁西南战役纪念馆
当年血与火的战斗依稀重现
烈士纪念塔巍峨挺拔，耸立在羊山之巅
仰望高大庄严的塑像——
鲁西南战役的指挥者刘伯承、邓小平
两位将军运筹帷幄决胜千里的神情
令人肃然起敬
群雕在他们周围的战士们塑像

正呐喊着端枪冲锋
刘邓大军无往不胜

远望羊山战场遗址的山山水水
秋阳下一片肃穆宁静
永生的英烈们啊
热血洒沃土，遗愿化宏图
那漫山遍野的鲜花
是对你们生命的礼赞
明亮的日月星辰
是你们永恒的青春
你们被铭记在人民的心坎里
你们活在伟大的事业中
你们用鲜血换来了祖国山河一片红
新的征程
我们继往开来，红旗高擎！

2017 年 10 月

走进孟子故里

走进孟子故里
古树参天，石碑林立
典雅庄重的孟府、孟庙
展厅图文并茂

孟子的生平事迹及其经典
穿越时空千年
今朝仍熠熠生辉
振聋发聩

孟轲三岁父突亡
孤儿寡母无依傍
良哉孟母含辛茹苦
知行并重教子有方

孟母三迁近学堂
孟轲痴醉书声琅
可惜无钱交学费
窗外听读旁观望

先生怜轲爱学习
让轲免费进学堂
孟母感激儿叩首
孟轲从此有学上

玩心未泯轲怠学
母怒剪刀断织机
警喻而教轲醒悟
奋发勤学牢牢记

孟母教子天下闻
子圣母功永垂范
教子有方成才道
华夏文明家教传

拜师子思之门人
孟子苦学终有成
尊崇孔子儒学深
“孔孟之道”“亚圣”称

孟子讲学招收门生
儒家思想得到传承
不惑之年奔走各国
推行“仁政”治国之策

孟子满怀希望一片诚心
进谏诸侯各国君
描述“民为贵”“施仁政”
王道乐土的理想图景

诸侯国君平庸无能
先师的政治主张
孟子无法推行
历尽坎坷又回故里邹城

在外周游 30 多年
回国已是古稀之年
颠沛流离年事已高
孟子回到家中就病倒

众弟子细心照料
孟子身体渐好
又专心治学讲课
废寝忘食著书立说

他和众弟子共同努力
儒家经典《孟子》终于问世
此后不久孟子再次病倒
在弟子悲伤的眼泪中平静离世
终年 83 岁

在弥留之际
孟子对弟子表达了他的心意：
“虽然我的‘仁政’理想没有实现
但是有《孟子》一书留存于世，我死而无憾！”

瞻拜孟子故里
寻觅“亚圣”足迹
杰出的思想家、教育家、政治家
伟哉孟子
你的浩然正气
光耀千古顶天立地

“富贵不能淫
贫贱不能移
威武不能屈
此之谓大丈夫”

“穷则独善其身
达则兼济天下”
“老吾老以及人之老
幼吾幼以及人之幼”

英哉孟子
多少激励人心的格言警句

都是出自你的经典杰作
你的仁德智慧如源泉汩汩
流淌在巍巍华夏历史长河

你呼唤起人们的善心
你开阔了世人的胸襟
你启迪了人类思考
你是中华文明之瑰宝

今天我们向你走来
仿佛听到你亲切的教导
如此熟悉，娓娓道来
你的“仁政”理念
今天正发扬光大，纷呈异彩
21 世纪的中国
在砥砺中奋进，继往开来

2018 年 8 月

相聚是缘分

相聚一起是缘
一路同行互勉
我们尽情歌唱
快乐舞步翩翩
风景这边独好
出世入世逍遥
采风高山流水
坐看云卷云飘
漫步曲径通幽
欣赏海天浩渺
笑谈人生诗意
静悟禅心清妙
功成不必在我
只要努力就好
亲朋好友满座
美酒香茶品透
家国情怀共抒
友情亲情珍重

人生觅得知己
天涯咫尺灵犀

2016 年 9 月

思　念

抬眼望明月
月如你我心
同追彩云梦
相照肝胆诚
遥隔半世纪
相逢泪花盈
青春犹依在
夕阳正火红
聚难别亦难
异国他乡远
佳音常相传
美好又温暖
挚友多保重
何时再相见

2017 年 6 月

游览盘锦红海滩

潮涨海水波光滟
金涛滚滚一奇观
犹如黄河天际涌
潮落惊现红海滩
一望无际红地毯
碱蓬草红八月间
鸟飞鹤立人陶醉
天赐盘锦生态园

2018 年 9 月

雷锋，我想对你说

——纪念雷锋牺牲 55 周年

走进了军歌嘹亮的 8 月
雷锋啊
我仿佛看见你高举熠熠生辉的军旗
迈着坚定的步伐
走在队伍的前列
“向前，向前，向前
我们的队伍向太阳 ……”
我们引吭高歌
我们队伍浩荡

走进了 8 月
雷锋啊
我们也永远不能忘
55 年前的 8 月 15 日
你 22 岁的生命
化为青春永恒
你的牺牲
是我们心中永远的痛

这悲痛化为力量无穷

雷锋啊
你说，连队就是你的家
人民都是你的亲人
是的，雷锋啊
你也是我们最亲的人
你永远是我们的雷锋叔叔
是人民的好男儿
你是战友的好兄弟
是我们中华民族大家庭成员的道德典范
我们永远怀念你啊
你的音容笑貌犹在眼前
你的一言一行铭记我们心间

雷锋啊，你看
在祖国辽阔大地
学雷锋活动从未息
一方有困难
八方来支援
献爱心捐善款
为穷乡僻壤送温暖
弘扬雷锋精神的杂志、微刊、网站
为推动学雷锋活动提供了不尽的源泉

让雷锋走向世界
让世界了解雷锋
让中华民族的文明
促进世界的和平
雷锋啊
你的事迹已穿越时空
在全世界传颂

你的日记
已成为我们宝贵的思想财富
你的精神
已融进我们的钢筋铁骨
你的生命
正在我们身上延续
你闪光的青春
照亮了我们火红的年轮

你看！哪里有困难
哪里就有雷锋人
在地震灾害面前
我们的战士、志愿者
舍生忘死，冲在前面
在抗洪抢险危难时刻
我们的战士拼搏在
风口浪尖，力挽狂澜
一个个鲜活的生命转危为安

每当国家安全受到挑战
每当人民利益受到威胁
我们的战士就挺身而出
他们是保卫祖国的铜墙铁壁
他们是保护群众的中流砥柱
紧跟着他们的
是千千万万的雷锋人、志愿者、无名英雄

放眼天下风云
世界并不平安
我们要警觉起来
让我们行动起来
让我们万众一心
筑成拒腐防变的新的长城

习近平主席率领我们披荆斩棘
开始了新的伟大长征
“不忘初心，继续前进”
党的旗帜指引航程
雷锋啊
你从未离去
你永远在我们行进的队伍中！

2017 年 8 月

永生的阿福

——纪念牺牲在玉树的抗震救灾
舍己救人杰出义工黄福荣烈士

大爱是你的情怀
执着是你的品格
你那灿烂的笑容
温暖孩子们的心窝

你的名字叫黄福荣
人们亲切地叫你“阿福”
你为公益事业鞠躬尽瘁
十几年来无私奉献含辛茹苦

你是一名香港货车司机
收入不是很多
挣到钱就行善
你甘愿当一名志愿者
你行万里路
好事做无数
却不愿接受媒体采访

你说："简单些好。"
从不张扬

汶川大地震
你奔赴灾区
奋战两个多月
搬运物资，清理废墟瓦砾
救灾现场，志愿者朋友看到你在吃药
你疾病在身，却不休息

青海是你常去当义工的地区
没想到此行却成了你最后的善心之旅
这次你去了孤儿院
你是利用假期
到那里扶贫送暖
看到孩子们天真欢喜的笑脸
你忘却了旅途的疲倦
你给孩子们带来了父爱与希望
自己却忍受着环境的艰苦和治病的不便

2010 年 4 月 14 日
那天清晨看起来和平常也没什么两样
你正在孤儿院和孩子们在一起
突然地震灾难从天而降
你冒险两次冲进坍塌的危房

把被困的孩子、老师救出险境

你却被砸倒
躺在青海玉树的土地上
“孩子老师……都救出……来没有？”
你说完这唯一的话语
眼睛永远地闭上

雪山皑皑
肃立默哀
三江之水
涌泪呜咽
我们的阿福啊
你可听见孩子老师揪心的呼唤
你可知道我们对你的崇敬与怀念

你像冬天过后的第一声春雷
震撼着亿万人的心灵
你像雪域高原上那一湾平静的湖水
没有污染，纯净透明
你不仅是香港人的骄傲
你更是中华儿女优秀的典型
你的人生如此平凡而伟大
你就是新时代的雷锋！

你的生命不会停止
你的爱心正在跳动
看！举国上下万众一心抗震救灾
谱写了一曲曲生命的凯歌
听！新建的帐篷里
传来孩子们琅琅的读书声
矫健的雄鹰正在蓝天展翅高飞
辽阔的草原又迎来明媚的春光！
玉树的明天会更加美好幸福
那是你的生命与青春永驻
永生的阿福！

2010 年 8 月

注：2010 年 8 月 13 日，国务院追授黄福荣“抗震救灾舍己救人杰出义工”荣誉称号。

端午节追思屈原

爱国诗人屈原兮，令人赞叹又叹息。
生不逢时兮，楚国战国时期。
身居朝廷兮，励精图治，
奸佞诬陷诽谤兮，加害屈原。
是非不辨盛怒兮，国君昏昏听信谗言。
罢官撤职被流放兮，屈原蒙受奇冤。
满腹经纶兮，报国无门。
慷慨悲歌兮，仰问九天。
风雨中雷霆兮，乌云中闪电，
诗人正义呼喊兮，如刺破黑暗的长剑！
楚王昏庸腐败兮，遭灭顶之灾，国破家亡。
宁为玉碎不为瓦全兮，屈原悲愤填膺抱石投江。
汨罗江水呜咽兮，涌泪送诗人安息天堂。
爱国诗魂永留世兮，伟大精神不会死亡！
诗人著《楚辞》兮，文学史上独树一帜，功不可没。
千古绝唱《离骚》兮，开我国积极浪漫主义诗歌先河。
《离骚》和《诗经》并称“风骚”兮，深远影响后世的诗歌。
千年诗魂兮，万载情殇。
诗人忧国忧民兮，化作催人泪下、气壮山河的诗章。

浪漫丰富的艺术魅力兮，把现实、理想、神话融入诗行。
“长太息以掩涕兮，哀民生之多艰。”
“亦余心之所善兮，虽九死其犹未悔。”
“路漫漫其修远兮，吾将上下而求索。”
感人诗句兮，永在世人心中绽放光辉！
蒹葭苍苍兮，五月初五，每年端午，
屈原魂魄归来兮，粽子飘香龙舟飞渡。
深情而浪漫兮，纪念屈原守好国土。
齐心建设家园兮，人民生活美好幸福。
祖国万里江山兮，日新月异，芳华永驻！

2017 年 5 月

一唱雄鸡天下白

金猴奋起扫“诬”霾
“一唱雄鸡天下白”
沉舟侧畔千帆过
神州盛世奏凯歌

伟大祖国美如画
英雄生命开鲜花
魑魅魍魉妖除尽
雪后青松更挺拔

英雄忠贞为国酬
笑洒热血写春秋
换来江山我们守
忍将夙愿付东流

有人阴险放毒箭
诬蔑英雄天不容
有人乌云遮望眼
英雄九泉泪潸然

历史不容被颠倒
要为英雄正英名
人民正义呼声起
血肉筑成新长城

英雄伟绩永垂青
宏伟事业我继承
英雄大旗我高擎
任重道远新长征

2017 年 2 月

参观五公祠有感

诸公正气世长存，
古琼有幸“迎远宾”。
浮粟泉旁寻贵影，
五公祠里读华文。
铮铮铁骨垂青史，
诗篇豪放现精神。
天涯海角遍足迹，
爱国爱民中华魂！

1993 年 8 月

注：

1. 五公祠和苏公祠习惯上统称为五公祠，在海南省海口市。

2. 苏轼、李德裕、李纲、赵鼎、李光、胡铨六人在不同历史时期被朝廷贬到海南。

3. 诸公被贬是不幸的，但对当地的百姓来说是幸运的。六公帮助百姓解决困难，发展文化教育，因此百姓视他们是朋友、客人。

4. 苏轼谪居海南时，看到当地缺少淡水，于是以他渊博的学识考察出某一处地下有淡水，并让百姓挖掘施工，果真挖出了淡水，取名浮粟泉。

走进艺术的殿堂

——赞沈阳市群众艺术活动

走进艺术的殿堂
放飞儿时的梦想
容光焕发的脸上
充满对艺术的渴望

我们学声乐
我们学器乐
我们学舞蹈
我们学朗诵
啊！迎着明媚的阳光
我们走进了艺术殿堂

宽敞明亮的活动室
现代化的教学音响
美妙动听的乐曲
令人心驰神往

老师的言传身教

如甘露春雨浸润我们的心田
在艺术的海洋里
我们扬帆远航

这里是我们人生路上的新起点
这里给了我们第二次青春的曙光
这里让我们实现了多彩的梦想
理想的旗帜高高飘扬

心中的旋律奏响
时代的凯歌高唱
跳起欢快的舞蹈
诵咏壮丽的华章

啊！从浑河两岸到蒲河之滨
幸福生活的沈阳市民
热爱艺术，热爱家乡，勤奋向上
和谐社会歌声阵阵、鸟语花香

感恩祖国，感恩老师
让我们共享艺术的阳光
让我们的梦和中国梦一同唱响
在这星光灿烂的舞台上
让我们的人生再一次辉煌

2010 年 6 月

春天里，我们快乐歌唱

——赞春光下的公园群众大合唱

清澈的流水闪着银光
绿色的草地散发着芳香
朵朵白云飘悠在蓝天
习习轻风吹拂着脸庞

在这美丽的春天里
我们快乐歌唱
歌唱生活，歌唱祖国
歌唱多彩的梦想

不要问我来自何方
我们同在一个家乡
每个人都是大家庭成员
为家园的幸福吉祥
献出智慧和力量

迎着明媚的春光
我们尽情歌唱

花儿在身边开放
鸟儿在天空飞翔
心儿多么欢畅
让我们留住这美好时光
啊，朋友
让我们再相聚
天天来歌唱
来歌唱

2005 年 5 月

2008年奥运北京

五环旗帜光耀寰宇
中华儿女欢歌笑语
百年夙愿今朝实现
北京奥运盛世壮举

激情迎来奥运圣火
微笑传递友谊情长
让远方的客人宾至如归
为奥运健儿擂鼓助威

来吧，亲爱的朋友
北京欢迎你
同一个世界
同一个梦想
再创人类辉煌
北京是你梦想成真的地方

2008年8月

请看这群小鸭鸭

可爱一群小鸭鸭
簇拥紧跟鸭妈妈
走到一段台阶路
鸭崽急得叫喳喳

鸭妈妈跳到台阶上
好像发令叫呱呱：
“孩子们快点往上冲
看哪个宝宝最英勇。”

鸭崽们这边跳来那边跳
拼命使劲往上跳
不怕摔疼直翻眼
不怕屡跳不够高

一只小鸭勇当先
率先跳到台阶前
乐得鸭妈直点头
鸭哥鸭妹齐点赞

头鸭夺冠群鸭追
激励斗志干劲高
摔倒起来奋力跳
终于全上台阶了

鸭妈鸭崽真开心
摇头摆尾乐逍遥
谁的意志消沉了
请看这群鸭宝宝

2015 年 7 月

泰山情

泰山
我心中的崇高和威严
今天
我又一睹你的雄姿风采
伫立在你的脚下
迷恋在你的胸怀

仰望群峰高耸
郁郁葱葱
激动的心啊
热泪涌

五岳独尊泰山啊
我来了
我不远千里而来
我是为你而来
我多想亲吻你的一草一树
多想把你拥入怀中
请恕我不自量力

让我把你尽收眼底

向山顶进发
先乘坐大巴车
盘山路蜿蜒曲折
峰峦起伏荡绿波

中天门处上缆车
八位朋友一车坐
平步青云飞九霄
崇山峻岭等闲过

南山门处视野宽
拱门雄伟矗云端
江山美景收眼底
回身俯视十八盘

两边山崖如刀削
陡立盘路镶中间
恰似云梯天门挂
又像是黄水瀑布落九天

泰山之险要
请看十八盘
大自然的鬼斧神工令人惊叹

劳动人民的智慧结晶更叫人赞叹

泰山十八盘
名字有来源
据说古代秦始皇
坐轿上泰山
山高坡又陡
轿夫累得直淌汗
到了山之巅
秦始皇也累得很
他的随从在两边
秦始皇问：
“轿夫休息了几次？”
乱曰：“十八次。”
因而得名十八盘

泰山封禅大典
是古代帝王来泰山
祭祀天地的大型盛典
泰山是“五岳独尊”
天下第一山
古语云：“泰山安，四海皆安。”
去泰山祭过天地
才算受命于天
向天告太平

谢答护佑之功
更要报告帝王的显赫政绩
以此视为无上的光荣

从远古的伏羲神农尧舜禹
到封建皇帝秦始皇汉高祖唐玄宗
都来过泰山封禅
祈福江山社稷
风调雨顺，国泰民安

南天门殿宇处
一副楹联很醒目：
“听南天长啸松涛依旧
凌绝顶远眺风物日新”

往上再走到天街
心旷神怡又好奇
天上的街市
可有人世间没有的珍奇

天公好像变魔术
刚才还是好天气
这时哗哗下起了雨
没关系
我们都穿上了防雨衣

雨下太大了
庙宇里避一避
一会儿雨小了
立刻向前赶去

小雨淅沥沥
滋润我心里
我像泰山一棵树
沐雨喜甘露

天宫瑶池洒琼浆
醍醐灌顶精神爽
生灵万物受恩泽
今日登山洪福多

休憩宾馆用午餐
餐后天街任游览
此时雨被风吹散
雾霭茫茫都不见
云卷云舒伴我走
往下看
群峰雾中时隐时现
海市蜃楼仙境般

平日仰望天上云

今朝恰似腾云驾雾天界巡
天上人间不遥远
云海奇观多梦幻

噢！天上的街市
果真有世间没有的珍奇
感恩天公赐予我
一日四季
云里雾里
飘飘然如仙女

转眼雾散太阳出
空气清新沁肺腑
花草含露鸟啁啾
树木参天绿葱茏
崖石上的泰山松啊
我把你深情凝望
让我把你带入梦中
印在心上
我不知用怎样的语言赞美你
“要学那泰山顶上一青松
挺然屹立傲苍穹”
仿佛天籁之音在耳边响起

泰山之壮美

尽在攀登中
走进泰山
就是走进历史
穿越时空
数不尽的古迹名胜
遍布山林之中

天街东端孔子庙
历代师表千秋耀
帝王名贤来朝拜
“以文治国”求安泰

楹联、碑碣、摩崖石刻
座座丰碑琳琅满目
古代帝王题词
名人贤士手迹
比比皆是，
堪称中国书法艺术的珍贵宝库

“五岳独尊”摩崖石刻
位于通向玉皇顶途中
它已成为泰山的标志
气势雄伟，字迹醒目
游客欣然摄影留念
我也留下了宝贵的瞬间

凌临玉皇顶
此乃泰山之巅
红日高照天地广
喜望众山白云间
虽不见黄河之水天上来
那汹涌的波涛
依稀在我胸膛澎湃

俯瞰齐鲁大地
心情激动无比
黄河啊
我来了
我就在你身边恭立
泰山啊
你把我托举

你们给了我坚强的风骨
给了我结实的人生脚步
你们给了我如水的柔情
给了我天地般宽广的心胸

我们是黄河
我们是泰山
身为华夏儿女

我站在东岳之巅
心中充满着神圣与庄严：
祝福伟大祖国繁荣昌盛国泰民安！
祈福中华儿女千秋万代幸福平安！

2017 年 8 月

黄河之滨，我们再出发

中华盛世
我们相会在黄河之滨
母亲河的金涛
澎湃在我们胸襟
泉城的文化
让我们诗情飞溅

黄河水哟黄河岸
你是中华儿女的摇篮
五千多年的灿烂文明
从你的两岸发源
你饱经沧桑
你历尽苦难

在那中华民族最危险的时候
你高昂不屈的头
发出了震天的吼声
保卫家乡，保卫黄河
保卫华北，保卫全中国

英雄的史诗
鼓舞着人民浴血奋战
打败了侵略者
解放了全中国

中国人民站起来了
中国人民正在富起来
中国人民正在强起来
精神文明正在建起来
民族复兴，文化自信
砥砺奋进，继往开来

站在新时代的起点
回望历史风云
《义勇军进行曲》《黄河颂》的旋律
回响在我心间
伟大的民族精神
我们要世代相传

黄河之滨，我们再出发
我愿是黄河的一朵浪花
在母亲的怀抱里
一路高歌向天涯

为祖国而歌
为人民而歌
为人间真善美而歌
不忘使命，不负重托！

2017 年 10 月

我们的母亲不容易

我们的母亲不容易
养育了我们13亿儿女
走过了漫漫长夜
经历了枪林弹雨
打下了人民的江山
祖国在世界东方屹立

我们的母亲不容易
带领我们改天换地
希望的田野稻花飘香
现代化工厂拔地而起

我们的母亲不容易
发展科技科研攻坚
众多领域已世界领先
中国人成功遨游太空
中国航天进入了一个新纪元
我们拥有了原子弹、氢弹、航空母舰
强大的国防力量保卫着祖国的安全

我们的交通高铁公路纵横交错
航空水路通四方
从国内到国外，从内地到边疆

我们的母亲不容易
在世界事务中要处理好国际关系
“一带一路”倡议展示了我们合作共享的国际创意
让中华民族的伟大复兴促进世界的繁荣
让中国梦和世界梦一同唱起

我们的母亲不容易
“国力要和美国比
福利要和北欧比
环境要和加拿大比
机械制造要和德国比……”
一个靠牛拉犁耕地的农业大国
要在几十年全面赶上已发展了上百年的发达国家
谈何容易

金无足赤，人无完人
我们的母亲也是如此
她正在努力弥补不足之处
尤其惦念那些还没脱贫的儿女
她正在不断解决发展中出现的问题
居安思危，永葆人民的江山社稷

孝顺的儿女要为母亲排忧解难，临危不惧
不想母亲如何亏欠了你
让我们抚平母亲身上的历史创伤
让祖国更加辉煌壮丽

我们热爱自己的祖国
我们有时也很焦灼
有时也很困惑
我们的母亲高瞻远瞩
为我们拨开迷雾
带领我们开辟着宏伟的事业
向着伟大的路

我们儿女是祖国的好儿女
跟着母亲出生入死
同呼吸共命运
虽然母亲也有错怪孩子的时候
但赤子之心从未离开母亲
“纵然是扑倒在地
一颗心依然举着你”

当云消雾散
母亲终于认出了她的好孩子
她伸出双臂将孩儿抱起

孩子的热泪洒在母亲的怀里

朋友啊，我们赶上了好时代
知足吧，历尽艰辛苦尽甜来
我们要生命不息，奋斗不止
将中华民族的优良传统一代传一代

朋友啊，身在福中请珍惜吧
看看世界上那些战乱的国家
无家可归的人们是多么痛苦和无奈
我幸运，我是中国人
无论世界风云如何变幻
我们安居乐业，国泰民安

感恩我们的母亲——
我们亲爱的祖国
感恩伟大的中国共产党
没有共产党就没有新中国

2017 年 6 月

中秋明月寄深情

中秋明月照边关
月光如水沐山川
那是父母慈祥的容颜
千里万里把我想念

男儿卫戍守边防
时刻警惕野心狼
踏冰卧雪心里暖
保卫祖国护家乡

中秋明月共潮生
潋滟随波多美丽
那是爱人深情的目光
临别时与我难舍偎依

神圣海疆我捍卫
战鹰航舰展军威
花前月下恕难陪
等我报效祖国载誉归

啊！中秋的明月
啊！远方的亲人
看见了月亮就看见了你们
万家团圆，笑语言欢
战士的心啊
比蜜还甜

中秋的明月啊
远方的亲人
看见了月亮就看见了我
看我多么威武雄健
祖国情啊亲人爱
永远同我守边关

2017 年 10 月

我是共产党员

共产党员
多么崇高的称号
多么闪光的字眼
当我懂得了
没有共产党就没有新中国
当我在书里电影里
看到无数共产党员
在战争年代里
为了祖国的解放
人民的幸福
抛头颅洒热血
在和平建设岁月里
他们鞠躬尽瘁死而后已
我的心被感动着
我多么希望自己也是一名共产党员
做党和人民的好儿女

终于有一天
我光荣地入了党

实现了自己崇高的理想
那是 1974 年 8 月 13 日
那个日子我永远也不会忘记
“……为共产主义奋斗终身……”
我举起右手庄严宣誓
从此要牢记入党誓词
把它融入钢筋铁骨热血里
我知道自己并不完美
我有许多缺点不足
但在我心中
党永远是我的指路明灯
为祖国为人民
走向辉煌壮丽的人生

在农村的广阔天地里
我们深入民众，刻苦磨炼
砥砺前行倾情奉献
走进了新时代的春天
我们做改革开放的弄潮儿
四海为家
搏激流战险滩
走过了万水千山

在今天的新长征路上
那时响起的进军号角

又给了我激情和力量
不忘初心，继续前进
为了实现中华民族伟大复兴的理想

我像一条涓涓细流
汇入了黄河长江
我们正奔向波澜壮阔的海洋
我是共产党员
为祖国为人民
自强不息，始终不渝
朋友啊
让我们并肩前进！

2017 年 7 月

在丁香花开的时节

五月的大自然
每天都在变换着容颜
春光多明媚
我行走在天地之间

在一个丁香花开的园林里
我看见一对幸福的青年
他们时而挽着手
亲切地交谈
循着淡淡花香
徜徉在花丛间

姑娘在一树繁花前停下
伸出双手小心翼翼地
捧着树枝上的一簇花
生怕伤到它

她的面孔像丁香一样美丽
她的气质像丁香一样优雅

她明亮的双眸看着姣好的花
甜甜的微笑嘴角腮边挂
帅哥拿起相机
把这生动的情景拍下

他们互相笑望
互相照相
神采飞扬
追逐在花径通幽的路上

那一树树花团锦簇的紫丁香
犹如热恋中的少男少女
含情脉脉而又激情如火似的开放
春风送来天籁细语
和沁人心脾的芬芳

在这丁香花开的时节
我没有逢着《雨巷》的作者希望见到的
一个丁香一样结着愁怨的姑娘
我的眼前是亭亭玉立、生机勃勃的丁香
那位帅哥和姑娘
陶醉在人与自然的诗画里
享受着爱情的快乐时光

姑娘的笑容像灿烂的朝阳
温柔的眼神落在帅哥身上
帅哥欣赏着姑娘的风采
手中的相机把美好珍藏
多么幸福可爱的一对
引来人们羡慕的目光

2016 年 5 月

美丽的草原我的爱

那一天我们在芳草地并肩而坐，
你说想唱一首我喜爱的歌。
豪放深情的歌声里，
我看到了骏马奔驰绿浪千里。
春天的草原是一首爱之歌。

乘着歌声的翅膀，
飞向那人间的天堂。
多想和草原有个约会，
蓝天，白云，蒙古包，
鲜花，青草，羊成群。
能歌善舞的蒙古族姑娘，
还有像你一样热情奔放的草原牧民。

斟满美酒不醉不归，
喝碗奶茶醇香甜美。
看那矫健的雄鹰凌空翱翔，
看那飞回的鸿雁一行行。
看父亲的草原多辽阔，

看母亲的河水闪银波。

休要说不是草原人就不会深深爱草原，
别笑我止不住的热泪，激荡的心窝。
我也是大自然的孩子啊，
多想像鸟儿那样在绿野在蓝天自由地唱歌！

美丽的草原我的梦，
歌声琴声令我陶醉不愿醒；
美丽的草原我的爱，
一花一草都寄托着我对大地母亲的情怀。

2016 年 6 月

成功的脚步

负数相乘积是正数
失败的积累孕育着成功
人生因成功而显得精彩
也因失败的教训而变得聪明
苹果树经过漫长的冬季
它还会开花结果
有志者经过磨难坎坷
他还会事业有成
别太看重一时的挫折和失败
只要你锲而不舍、趋利避害
驱散阴霾、自己做命运的主宰
胜利就会在前方等待
即使达不到理想的顶峰
你仍微笑开怀：
风景这边也好
我将继续努力、不曾懈怠

如果你在起点犹豫徘徊
此时你只能在山下空发感慨

也许你谈不上失败
但成功离你更远
仰望他人的成功和努力
后悔当初不该

赶快起步吧
尽管暮色即将到来
你就是向前攀登几步
视野也比站在原地辽远
只要你在不断进取
何时都不要言败
赋此诗兮以自勉
时不我待路漫漫

2007 年 10 月

大海啊，心灵的故乡

乘着春天的翅膀
让我们去那美丽的海疆
暖风亲吻着我们的脸庞
海水送来轻柔的波浪
光着脚享受沙滩的暖暖温情
贴近它闭目静听大自然的和谐交响
心中升起圣洁美好的灵光
远处传来游人的笑语歌唱

大海啊，心灵的故乡
我又来到了你身旁
就像见了母亲一样
请你分享我的快乐
请听我述说孩儿的心肠

乘着歌声的翅膀
我们来到了美丽的海疆
大海啊，心灵的故乡
我又来到了你身旁

你给了我无尽的憧憬
你给了我无穷的力量
我陶醉着你宽广的怀抱
我感动着你母亲的慈祥
你看那激情飞雪的海浪
那是我在为你歌唱
大海啊，心灵的故乡
无论我走到哪里
都回头把你眺望……

2015 年春

为母亲唱出最美的歌

如果没有波涛
江河就不会如此雄浑壮丽
如果没有激情
人生就会缺少动力

如果没有坎坷
你也许会觉得平淡无奇
如果没有风雨
就不会有彩虹的绚丽

如果没有拼搏
就看不到成功的晨曦
如果没有耕耘
就没有收获的欣喜

如果没有包容
百川就汇不成海域
如果没有梦想
生活就少了意义

把艰难险阻化为欢歌
把一切不幸变成甜果
柔软的沙滩使人昏昏欲睡
优越的环境不要把意志消磨

祖国啊，我亲爱的祖国！
我拿什么奉献给你
我的力量，我的智慧……
寸草难报三春晖

时光荏苒流逝
希望还在远方闪烁
快一点向前行走
为母亲唱出最美的歌！

2010 年 5 月

乡　愁

自从离开家乡吉林江城
青春年少的我
便开始了人生的征程
乡愁就是母亲那忧虑的叹息
深夜里还在为我远行缝衣

我背上行李走出了家门
去农村插队接受锻炼
乡愁就是临别时
母亲那爱莫能助含泪的容颜
就像是放飞了一只
羽翼尚未丰满的小鸟
担心它能否飞向蓝天

农村和城市大不一样
我心里很困惑迷茫
乡亲教我们做大锅饭
教我们种地盖房
感动大叔大婶的慈祥善良

我常想我那远方的爹娘
乡愁就是一封封家信
写下我对父母的一片柔肠

“……我在这里挺好的
你们不要惦记我……”
唉！我再苦再累再想家
也只能坚强面对
不能让父母太牵挂

黑土地上的呼兰河边
是我们常去洗衣洗澡的地方
那清且涟漪的碧波哟
让我想起母亲河松花江
江水就像一条柔曼的飘带
环绕孕育着美丽的家乡

我的母校吉林市毓文中学
对面就是松花江
当年我常坐在岸边长凳上
复习功课背诵华章
凝望波光粼粼的江面
多想写出最美的诗行

乡愁就是校园那书声琅琅
令人怀念的学习时光

知识贫乏的我
多想再背起书包走进课堂
回到我的书桌旁

返城工作以后
我下乡的小山村
就成了我的第二故乡
那些风风雨雨的经历
时常潜入我的梦乡

我们大多数同龄人
都有了一个青春永驻的芳名——知青
我们都有两个故乡
黑土地、黄土地、红土地、大草原——
都是知青的第二故乡

当我们回到城市家乡的怀抱
思乡的心常怀想那田园风光
以往的磨难似乎都已淡薄
沉淀的珍贵回忆终生不忘

时代在召唤

驻足又扬帆
为了求知和远方
许多人又背起了行囊
读书创业走天下
有的打拼到异国他乡

无论走到哪里
乡愁一直在心里
每逢佳节倍思亲
举杯对月寄情深
乡愁就是对亲人的挂念
乡愁就是对远山的呼唤

乡愁啊
有时令我们魂牵梦萦
母亲的养育
大地的恩情
寸草难报三春晖
砥砺前行永不停

2016 年 9 月

怀念伟人毛泽东

望着毛主席遗物的照片
我不禁心里酸楚思绪万千
毛主席的一双拖鞋
穿了几十年
一件睡衣
大小补丁连片

毛主席的工资由秘书保管
从工资账目上我们看到
毛主席的生活是多么节俭
他的住房用电等费用都是自己花钱

毛主席关心在他身边工作的每一个人员
他经常补贴身边家庭生活拮据的警卫员
他也给家乡的亲友师长们汇款
帮助他们解决经济上的困难

毛主席定期给杨开慧的母亲汇款
一年两次，一次600元

秘书有时忘记
他便嘱咐要补寄

毛主席的儿媳刘思齐去朝鲜
给毛岸英烈士扫墓祭奠
所有费用
毛主席都是从自己的稿费中拿的钱

敬爱的毛主席啊
你送长子上战场
噩耗传来父哀伤
你深藏悲痛和遗物
让把毛岸英忠骨埋异邦
你不花国家一分钱
你的境界高于天

当年毛主席接见过的基辛格
在北京曾对准备见毛主席的尼克松说：
“如果您细心一点
您会发现
毛主席的裤子上
有数个大小不一的补丁。”
毛主席如此朴素
令他们震惊

尼克松第二次见到毛主席
问了毛主席一个问题：
“你有什么特长？”
毛主席笑着答道：
“为人民服务
这就是我的特长。”
言简意赅
表达了他一生的追求和信仰

尼克松当即拿起茶杯
和毛主席碰杯以示敬意
临别时还向主席深深地行了鞠躬礼
敬爱的毛主席
多么伟大的人格魅力！

毛主席没有留下物质财产给他的子孙
他把一生都献给了他深爱着的祖国和人民
他的遗物是我们不可估量的宝贵财富
敬爱的毛主席
你是我们永远的感动
永远的鞭策和激励！

你让我们常常
扪心自问默默内省
你让我们深悟

勤以修身俭以养德
你让我们牢记
李自成失败的历史教训
你告诫全党
要经得起掌权执政的考验不忘初心

清正廉洁严于律己
我们要从自身做起
时代在发展
信仰永不变
“全心全意为人民服务”
敬爱的毛主席
我们世世代代
继承你的伟大精神遗产！

2017 年 9 月

敬爱的周总理，人民想念你

——缅怀周总理逝世 41 周年

你是真正的无产者
你没有子女
没有房产
没有存款
没有墓地
你为人民鞠躬尽瘁
唯独没有你自己

敬爱的总理啊
人民想念你
想念你和我们一起劳动
拉着装土车，挥汗如雨

想念你在职工食堂
和我们共进午餐
和我们吃同样的菜饭
笑语言谈问寒问暖

想念你去邢台
不顾脚下余震
战地指挥抢险
战后重建家园

想念你和我们一起过泼水节
在那山清水秀的地方
幸福的甘露把我们沐浴
感恩的心永世不忘

想念你和我们一同歌唱
《我们走在大路上》
“……我们献身这壮丽的事业
无限幸福，无限荣光”

总理啊，
“十年内乱”“四人帮”嚣张
“黑云压城城欲摧”
你力挽狂澜
运筹帷幄
赢得安定团结国生辉
你却积劳成疾
累垮了身体
回天无力

看着你身患重病
仍夜以继日地工作
我们心里无比难过
又无可奈何

想起你久病后最后出席的那一次招待会
大家看到走上台前的你
会场全体立刻起立
掌声经久不息
看着消瘦但精神矍铄的你
人们止不住眼里的泪滴
你亲切温暖而又铿锵有力的讲话
是人们永恒的珍贵回忆

总理啊
你真的离开我们 41 年了吗?
不敢太想悼念你的那些日子
每每想起就泪沾襟，心悲痛
陷入无限的哀思里
十里长街送总理
天地同悲九州泣

总理啊
你的人民永远想念你
我们都是你疼爱的儿女

没有什么能把我们分开
我们从不曾分离

总理啊
全天下的人都爱戴你
国际友人深情悼念你
联合国下半旗志哀——为你
你的伟大人格
世人敬佩
高山仰止
中国在世界民族之林昂首屹立

今朝祖国更加灿烂辉煌
总理啊
红色江山是你们老一辈开创的
“当年忠贞为国酬
何曾怕断头？”
如今人民的江山靠我们来坚守
总理啊
你那期待的眼神
目光炯炯
让我们倍感使命神圣庄严
任重道远
巨大鞭策激励心田
音容笑貌永在心间

总理啊
我们正在习近平主席的率领下
继续新的伟大长征
同心共筑中国梦
你们的后辈定会继往开来
红旗高擎!

2017 年 1 月

八女英烈光耀千秋

——记“八女投江”的故事

1938 年 10 月 9 日夜晚，
黑龙江省牡丹江支流——
乌斯浑河畔，
八名抗联女战士，
与日本侵略军展开了激战。
为了掩护大部队撤退，
她们主动出击，背水一战。

看到大部队回来救援她们，
她们齐声高喊：
“同志们！冲出去，不要管我们！
保住手中枪，抗战到底，不要管我们！”

听到她们的喊声，
为防止全军覆没，
大部队战士只好忍痛
含泪向密林深处隐撤。

战斗到第二天黎明，
日军这才发现，
顽强抗击他们的，
竟然是八名女战士。

“乖乖投降吧！
皇军不会亏待妇女！”
敌军翻译官高声叫喊。
回答他的，
是射过来的子弹。

日军的进攻更加猖狂，
最后把迫击炮也用上。
八名女战士都不同程度地受了伤，
子弹也全都打光。

前面是凶残的日军，
后面是翻滚的河水。
指导员冷云慷慨激昂，
对大家讲：
“同志们！
我们是抗联战士、共产党员！
决不做俘虏，决不投降！”

女战士们异口同声：

“宁死不做俘虏，决不投降！”
“报告指导员，
我为大家留了，
这最后一颗手榴弹！”
说话的叫胡秀芝，是副班长。

“姐妹们，集合！”
冷云说完第一个报名：
“我是抗联妇女团指导员冷云！”
她站在队伍的前面。
“报告，我是班长杨贵珍，共产党员！”
“我是安顺福，共产党员，
就是牵挂我的孩子，
为了他们能过上好日子，死也值了！”
“我是副班长胡秀芝！”
“我是郭桂琴，
我就要和牺牲的丈夫团聚了！”
“我是黄桂清！”
“我是李凤善！”
“我是王惠民，报告，我不怕！”
这位小战士只有13岁啊，
她们中间年纪最大的冷云，
也只有23岁。

“同志们！”
冷云的声音果断响亮，

"渡过河去，继续杀鬼子！
渡不过去，为祖国的解放而死，
是我们最大的光荣！"
女战士们誓言铿锵：
"一定要渡过河，决不投降！"

她们把最后一颗手榴弹
向敌人投去，
迅速捣毁枪支，
挽起手臂。
一位女战士伤势太重，
已不能站立。
冷云双手将她抱起。
大家毫不犹豫，
涉入冰冷刺骨的河水里。
"打倒日本帝国主义！"
"中国共产党万岁！"
"起来！饥寒交迫的奴隶……"

敌人冲到了河岸，
扯着嗓子高喊：
"回来！投降就能活命，
金票大大的……"

八名抗联女战士
义无反顾，

向着河对岸，
向前、向前、向前……

穷凶极恶的日军
射出一排排子弹。
八名抗联女战士啊，
鲜血染红了河水，
染红了天际，
向不远处的牡丹江流去……

巍巍长白，肃立默哀，
滔滔江河，涌泪不返。
八位抗联女英烈啊，
永远活在我们心间！

当年东北抗日联军将领周保中，
曾在日记中写下这样的预言：
"乌斯浑河畔牡丹江岸，
将来应有烈女标芳。"
将军的夙愿已偿，
人民永远不会遗忘。

在牡丹江市的牡丹江岸，
一座硕大的"八女投江"石雕
映入人们的眼帘。
她们神情坚毅庄严，

互相挽扶簇拥着向前。

那位一定是冷云指导员，
她抱着重伤的战友走在前面。
后面的一位回身端枪，
正在向鬼子瞄准，
两眼冒着仇恨的火焰。

每天，全国各地的人们，
络绎不绝地来到雕像前，
向抗日女英烈献上鲜花、花篮，
或肃立默哀，
心潮澎湃，追思无限……
江水声在人们耳边回响，
好像在诉说着，
当年与日寇血战到底的“八女投江”！

八女英烈光耀千秋！
她们也在警醒世人：
勿忘国难，勿忘国耻；
居安思危，牢记历史；
团结奋斗，祖国强大；
民族复兴，梦圆中华！

2016 年 10 月

读你·怀念赵一曼

你为世界反法西斯战争的胜利而牺牲
你是中国人民敬仰的抗日女英雄
你是东北抗日联军的优秀领导者之一
人们永远怀念你赵一曼的英名

拜读你的诗篇
浩然正气荡心间
恭读你写给儿子的遗书
亲情信仰感地动天

你原名李坤泰
学名、又名李一超
到东北后更名为赵一曼
1926 年 21 岁的你
成为一名中国共产党党员
你曾在宜昌南昌上海等地
从事党的地下工作
你是毕业于黄埔军校第六期的学员

九一八事变，东北沦陷
中共选派一批干部去东北领导抗战
你主动请缨
于是你这位川妹子来到了白山黑水的林海雪原
组织抗日武装
与日寇展开游击战
你是东北抗日联军第三军一师二团政委
率领抗日健儿英勇杀敌驰骋疆场
敌人闻风丧胆登报悬赏
捉拿你这个“挎双枪骑白马的森林女王”

1935 年 11 月 5 日
你在一次激战中
身受重伤昏迷被俘
落入魔窟

日寇软硬兼施
动用残忍酷刑
对你连夜刑讯逼供
你不畏严刑拷打
痛斥日军侵华暴行

日军用马鞭狠戳你腿部伤口
你几次痛昏过去
醒来仍坚贞不屈义正词严：

"我的目的我的主义就是反满抗日！"
你没说出半点儿抗联的机密和党的地下组织

酷刑之下你生命垂危
敌人不甘心得不到口供
把你送进医院想监视治疗后继续用刑
在医院里
日寇还对你施暴逼供

在医院你对看守你的警察
和护理你的女护士
进行爱国思想教育和启蒙
他们决定帮你逃出魔掌

1936 年 6 月 28 日
你们逃出了医院
却在两日后被日寇追上
再次陷入魔鬼的凶掌

电刑、老虎凳、辣椒水
竹扦、铁烙、铁扦 ……
一切灭绝人性的酷刑都用遍
几次昏死过去的你啊
党的秘密没有透露一点点
又是连续一个多月的酷刑逼供

日寇没有得到任何口供
他们押你回珠河县处死“示众”

在被押往珠河的火车上
你知道自己将要赴刑场
你向押车的宪兵要来笔和纸张
此刻啊，你最想念儿子

自从舍子从戎
奔赴东北抗日前线
六年了，母子没能见一面
想起临别时
1 岁的儿子“妈妈！妈妈！”地哭喊
你心如刀绞
眼泪往肚里咽

为祖国而牺牲
你心甘情愿
但对可怜的儿子
你却内疚遗憾
万般苦楚
你拿起笔写下了遗书：

“宁儿：母亲对你没有尽到教育的责任，
实在是遗憾的事情。

母亲因为坚决地做了反满抗日的斗争，
今天已经到了牺牲的前夕了。

母亲和你在生前是永远没有再见的机会了。
希望你，宁儿啊！
赶快成人来安慰你地下的母亲！
我最亲爱的孩子啊！
母亲不能用千言万语来教育你，
就用实行来教育你。
在你长大成人之后，
希望你不要忘记你的母亲是为国而牺牲的。”

你写下两封遗书
这是其中之一
舐犊之情，报国之志
催人泪下，天地同泣

1936 年 8 月 2 日
敌人押你“游街示众”
沿途许多百姓流泪，目不忍睹
面对敌人的枪口你高呼：
“打倒日本帝国主义！”
“中国共产党万岁！”
刽子手向你射来罪恶的子弹
年仅 31 岁的你啊

丹心碧血染红了天边

皑皑长白悲素颜
滔滔黑水泪呜咽
人民永远怀念你啊
抗日女英雄赵一曼

黑土地上的人民称你是
“白山黑水民族魂”
老一辈党和国家领导人曾为你题词
“革命英雄赵一曼烈士永垂不朽”（朱德）
“四海高歌赵一曼
万民永忆女先锋”（郭沫若）……

品读遗书将你缅怀
想起你写的《滨江述怀》：
“誓志为人不为家，
涉江渡海走天涯。
男儿岂是全都好，
女子缘何分外差？
未惜头颅新故国，
甘将热血沃中华。
白山黑水除敌寇，
笑看旌旗红似花。”

读着你用生命写成的诗句
周身的热血沸腾
我仿佛看见
在昔日白山黑水的林海雪原上
你骑着白马，手持双枪

率领抗联鏖战沙场
日寇对你闻风丧胆

你飒爽的英姿
刚毅的脸庞
巾帼英雄铮铮铁骨
坚强美丽又善良
犹如凌霜傲雪的红梅
在严冬怒放
“一片丹心向阳开”
“唤醒百花齐开放”

今天，祖国的大地
欣欣向荣繁花似锦
那是英雄永恒的青春
安息吧英烈们
你们是不朽的丰碑
永远屹立在我们的心中！
中华民族伟大复兴的宏伟蓝图

我们正在亲手描绘践行
笑慰吧英烈们
你们永远活在壮丽的事业中
你们的热血
正在我们的脉管里流动!

2017 年 3 月

端午遐想

端午粽香
把爱国诗人的故事传扬
龙舟竞渡
热爱生活的人们生龙活虎

纪念屈原
追思无限
静静的夜晚
我读诗篇

穿越千年
我仿佛看见
楚国的汨罗江边
诗人满怀国破山河碎的悲愤
拔出锋芒闪闪的长剑
发出刺破乌云的呐喊

“终刚强兮不可凌”

屈原抱石投江
令人千古壮怀悲烈感伤
屈原留下《离骚》《九歌》《天问》……
开浪漫主义先河之绝唱
爱国诗魂永世流芳

回望中华民族的历史长空
多少精忠报国的英雄
多少有名的无名的
志士仁人，革命先烈
热血洒沃土
丹心照汗青
今天的祖国
屹立在世界东方
中华儿女世代盼望的
中华民族伟大复兴的梦想
将在我们的奋斗中铸就辉煌
我们肩负使命
我们永不迷航

任凭世界风云变幻
我们万众一心，砥砺前行
永葆人民江山不变颜色
我们有识别魑魅魍魉的火眼金睛

祖国啊——母亲
我们是你钢铁般的血肉长城！

2018 年端午

悼念诗人余光中先生

初读你的《乡愁》
止不住泪花流
浓浓的亲情
深深的爱情
祭母的悲情
思念祖国的赤子之情
令我感动

惊闻你驾鹤西去
难忍恸泣
先师走好
在天堂与母亲团聚
先师放心
祖国定会统一

2017 年 12 月

悼念诗人洛夫先生

又一诗星陨落
再无“双子星座”
二老先后离去
两岸诗人悲歌

缅怀两位泰斗
同怀游子愁肠
一九七九那年
同去访问香港

落马洲边惆怅
望远镜看家乡
咫尺却是天涯
怎不令人感伤

一首《边界望乡》
一首《乡愁》绝唱
不尽思乡之情
撞击读者心灵

令人潸然泪下
骨肉同胞一家
同盼祖国统一
同望亲人回家

两位诗人安息
华夏儿女奋力
待到九州团圆
天上人间同喜

2018 年 3 月

注：洛夫和余光中两位诗人一直被世界华文诗坛誉为“双子星座”。

悼念诗人屠岸先生

你是诗歌殿堂的朝圣者
你是真善美的使者
你集诗人、作家、翻译家、出版家于一身
你是古今中外诗文集大成者

经典诚宝贵
精神励后人
先生虽仙去
诗韵润寰宇

李白杜甫天宫迎
莎翁济慈喜相拥
心中诗神人怀念
诗魂不朽日同明!

2017 年 12 月

“习马会”有感

国家主席习近平和时任台湾地区领导人马英九于 2015 年 11 月 7 日在新加坡举行了历史性会面，这是中华民族的大事。

众志成城中国梦
家和才能万事兴
近平英九狮城会
中华儿女夙愿情
同胞兄弟骨筋连
抗日同仇生死牵
今谋兴国千秋业
造福两岸一家亲

2015 年 11 月

注：狮城指新加坡。

心　愿

平日里微信聊天
几回回梦里相见
同学聚会心期盼
今日终如愿

霜华的鬓发
沧桑的笑脸
依稀浮现青春时的容颜
天南海北回家乡
知青朋友相见欢

相聚是甜
相聚是酸
相聚是五味杂陈
心潮涌，泪潸然

难忘那艰苦岁月
当年的热血青年
风雨同舟共患难

辛勤躬耕挑重担

几十年过去
好像就在昨天
叙旧说笑间
仿佛又回到了当年

光阴如流水
带走了韶华
带走了惆怅
沉淀了美好
让我们怀想

那美丽的山村
那田园风光
那丰收的田野
那理想的热望

好想再回去看看久别的老乡
好想再闻到五谷的飘香
好想再听到秋虫的呢喃
好想再挥镰收割打谷扬场

同学们畅谈商量
大家都有一个愿望

想在明年的金秋时光
我们一起回第二故乡

是啊
趁我们还能走得动
回故乡看看
回故乡看看……

看看故乡的父老乡亲
看看故乡的田野山川
同学们多保重啊！
明年我们再相见
重返故乡忆当年！

2017 年 5 月

光明美丽的星星

你的凝视
让我在睡梦中醒来
抬眼望见亮晶晶的你
闪耀在我的窗前
我惊喜地打开窗
遥望着天边的你
你那清澈的银辉
该是走了多少亿光年
才柔柔地落在我身上
沁入我心扉

你一定是那颗启明星
钻石般镶嵌在深邃的夜空
周围没有一颗星星
你孤独吗?
你快乐吗?
你对我微笑着
沉默不语
你用智慧的光芒

给生灵万物带来吉祥的希冀

光明美丽的星星啊
让我把美好的祝愿送给你
你是我心中的圣洁
你是我征途的知己
你是我的憧憬
你是我的慰藉
我有诗和远方
还有懂我的你
足矣!

2006 年 8 月

大自然——人类的母亲

你把每个人养育
你把每个人拥抱
你望每个人成才
你把每个人疼爱

蓝天大海
是你宽广的胸怀
壮丽的山川
是你坚强有力的臂膀
太阳月亮和星光
是你的慧眼在闪亮

大自然——人类的母亲
孩子们在为你歌唱
永远守护在你身旁
分享你的快乐
抚平你的创伤
让你山青青，水蓝蓝
草木更芬芳

永远偎依在你身旁
和你共度好时光

2006 年 8 月

光荣与梦想

——济南笔会有感

黄河之滨济南城
群英荟萃喜相逢
新诗百年庆盛典
四会合一颁奖隆

世纪新诗历艰程
使命担当旗帜明
求索反思勇开拓
紧跟时代谱新歌

光荣梦想宏图展
四大微刊笔勤耕
百花齐放结硕果
冬至时节春意浓

精品佳作编经典
学习交流启心田
披红授奖光荣榜

奖章闪闪挂胸前

盛会不忘采风忙
趵突泉边好风光
易安旧居藕神谒
激湍清流思源长

大明湖畔多名胜
老舍旧居留倩影
千佛山上视野阔
尽收眼底美泉城

满载荣誉与期望
满怀友情和梦想
依依惜别挥手去
入耳佳音仍绕梁

2017 年 12 月

父爱如山

一幅美丽的画面
永远珍藏在我美好的记忆里
在松花江畔的吉林毓文中学
在那丁香花开满校园的春光里
下课了，我走出教室
忽然眼前一亮
看到了站在花坛旁的你
父亲啊
你正对我慈祥地微笑着
让我又惊又喜

那时我刚上中学不久
在学校住宿
你在外地工作
难得回家
还来到学校里看我

看到我的学习环境这样好
你幸福洋溢

羡慕不已
你对我的叮嘱
我终生铭记

父亲啊
你对我一直寄予厚望
希望我能成为国家的栋梁
可惜我没有花香
没有树高
但我是疾风中的劲草
用绿叶迎来人间春色
父亲啊
我的行囊里一直装着你的教导

我有时很后悔
后悔没有多向你学习
再也听不到你吟诗
再也听不到你给我讲经典名句
然而你的话语更加清晰
伴着我的人生足迹
亲爱的父亲
女儿深深地想念你

2016 年 6 月

母爱如水

天堂里的妈妈
今天是母亲节
女儿想念你
仰望星空
我想穿越千里
妈妈，你在哪里

想起小时候
听妈妈讲那辛酸的过去
从小失去父亲的你
小小的年纪就得干活放猪
你也曾哭着喊着要念书
无奈的姥姥只能陪着你哭

看着我们每天背着书包上学读书
你慈祥的脸上满是羡慕：
“看你们现在多有福
我像你们这么大
吃不上穿不上

大冬天在外面干活
冻得够呛

“你们可得好好学习
把书念到头
长大才有出息
可别围锅台转
要为国家出力”

那时家里生活并不富裕
可妈妈已经很满足
儿女们陆续上了大学、中学和小学
成了妈妈的精神支柱

我后来插队去农村
又招工回到城市里
但自学的路上我没有止息
因为妈妈的话记在我心里

为了让我能函授大学毕业
妈妈主动为我带孩子
我很内疚啊，妈妈！
你年迈体弱太不容易

我如期完成了学业

你欣慰的脸上笑得甜蜜蜜
伟大的母爱似海深啊
女儿一生难报恩

想起妈妈对儿女的叮嘱
想起妈妈的含辛茹苦
往事一桩桩一幕幕
浮现在眼前
令女儿无限怀念

妈妈我爱你
愿来世还做你的儿女
春季的天堂定是鲜花开满地
愿你和父亲执手漫步在花的海洋里
恩爱如初，快乐无比

2016 年 5 月

圆　月

圆圆的月亮升上了天空
多么安静慈祥
那是母亲微笑的脸庞
望着我
满是疼爱的目光

望着正月十五的圆月
想起那年八月十五的月明
我陪妈妈在东北家乡医院住院
在南方生活多年的母亲
回东北不幸得了重病

妈妈啊，你是多么坚强
忍受着治疗带来的痛苦
疾病的折磨
你一声不哼

妈妈啊，你是多么善良
儿女们给你买来燕窝补养

你却说：“以后再别买了
把小燕的窝给端了
小燕没家了。”
妈妈啊，你的心灵多么美好
忘不了在医院
1994 年中秋节的那天夜晚
那时你还能走动
我陪你走到病房的窗前

望着夜空中的圆月
你讲起了嫦娥奔月
你为嫦娥的寂寞叹息
你讲起了月宫中捣药的玉兔
你为有玉兔陪着嫦娥感到慰藉

那天的夜空
云彩浓重
犹如我当时的心情
月亮时而露脸
时而朦胧

你对我说：
“八月十五云遮月
正月十五雪打灯
瑞雪兆丰年

看来明年还是个好收成。”

你还筹划着
等病好后回深圳妹妹家
要给一起晨练的姐妹们
带回点东北特产

听了妈妈的话
我把眼泪往肚里咽
强忍着难过心酸
还对妈妈笑脸言欢

妈妈啊，你还不知道你的病情
看你是那么热爱人生
儿女们谁也没有勇气告诉你
告诉你得了不治之症

妈妈没有熬到过年
离春节只差几天
妈妈走了
带着太多的不舍走了
那些悲痛的日子里
我已不记得怎么过的年
更不知道正月十五那一天
是否雪打灯，月儿圆

十年以后
父亲也去了天堂
和母亲做伴
如今二十多年过去了
天上人间

2015 年 2 月

故　乡

故乡萦绕在游子心头
梦里常回到故乡家中
父母亲的音容笑貌
兄弟姐妹的手足深情
多少幸福的回忆
如甘泉流淌淙淙

望故乡、想故乡
回到故乡心惆怅
老屋虽还在
双亲已天上
兄弟姐妹各他乡
不忍驻足人断肠
找不回的童年
难回去的故乡

2016 年 4 月

回故乡

走在故乡的土地上
已辨不出当年的模样
五月的春风依旧凉爽
晴朗的天空阳光鲜亮
松花江水静静地流淌
芳草地上蒲公英花儿金黄

桃花开了，杏花开了
紫丁香郁郁葱葱地绽放
青松婆娑，杨柳婀娜
依稀在温柔地召唤我：
“游子回来了
老朋友回来了
别再天涯漂泊。”

我的眼泪涌出来了
在故乡美丽的春光中
我的脑海浮现出父母的音容笑貌
和他们辛勤劳作的身影

我仿佛感觉
他们还在家里期盼
盼望常年在外的儿女
多回家看看
寸草难报三春晖啊
内疚的心伴着泪水潸然

仰望故乡的云天
愿天堂里的父母幸福平安
回到了故乡
仍像回到了双亲的身边
虽然不免有些伤感
幸福的回忆温暖心间

妹妹和我同回故里
少了孤寂
多了甜蜜
回家的感觉真好
妹妹邀我以后多回家团聚
是的，多回家团聚
我们的故乡
我们的黑土地

2017 年 5 月

感恩的鹰

请看这样一个视频：
在那高高的山顶上
站着一群人
一只鹰缓缓地走出了人群
几步一转身
躬身向人们
像是在感谢它的恩人

这只鹰是受伤后
被人救下
现在已痊愈
恩人要放飞它
鹰向恩人“点头示礼”
然后转过身来
迈着稳健的步履

鹰此刻很兴奋昂扬
站在山巅扇动着矫健的翅膀
可它并没有立刻起飞

而是从左侧又转过头去
把人们凝望
然后才转过头来
好像是带着太多的不舍走到了山崖的边上

它张开了双翼
似乎就要飞起
片刻它又一次收回了扇动的翅膀
遥望着苍穹像在思量
此时它从右侧再次转过身来
又向人们“低头膜拜”
好像是有万语千言
它对恩人是多么留恋
左顾右盼几回头
这才翩翩飞向蓝天

它并没有立刻飞远
它在低空盘旋　圈
又飞回了人群的上空
把人们俯瞰

视频到此结束
鹰无疑放飞成功
我默默地为它祈祷

祝愿它一路顺风

我反复观看这个视频
画面很打动人心
小生灵也知恩
万物皆有情
乌鸦反哺
羊羔跪乳
鹰尚且如此
何况人类乎

2018 年 4 月

晨　读

一树树花开
一片片草绿
一个个大学生在晨读
在这美丽的校园里

花香
草香
还有书香
我沿着曲径通幽到处寻寻觅觅

明媚的春光温暖和煦
小鸟儿在枝头啾叽
蝴蝶在翩翩飞舞
蜜蜂在花间采蜜

我找到一个林荫处
拿出一本书
在一个长凳上坐下
也开始看书

春天像一首诗
细细品读
沁人肺腑

生活是一幅画
画中有七彩世界
有你我他

2016年春

读汪国真的诗

拜读着你闪光的诗
感受着你真挚的情
你那充满智慧的哲理
是我头上的启明星

走向远方，热爱生命
穿过风雨，迎来黎明
所爱无悔，信念永恒
追逐梦想，砥砺前行

让壮丽的人生
如诗如画
让伟岸的背影
与希望同行

2015 年 6 月

昨天过去了

昨天过去了
过去了的
不会再来
酸甜苦辣
不复存在
我唱着歌
走向未来

2001 年 9 月

别伤心

别伤心
快赶走离愁别绪
仰望蓝天
辽阔的苍穹在拥抱着你
大自然——人类的母亲啊
她永远疼爱你
赋予你生命的意义

你也许是一棵大树
你也许是一朵小花
你也许是一片绿叶
你也许是一抔泥土

大树能长成栋梁之材
小花能点缀幽静的山谷
绿叶能迎来满园春色
泥土能保护万物的根部
是金子总是能发光的
你的追求你很清楚

你不要轻视你自己
要珍惜你思想的闪光和经历
你要锤炼你自己
坎坷视坦途，逆境不悲泣
你要发展你自己
锲而不舍，把握时机
你要爱护你自己
创伤再重也能自愈

让忧伤快点离去
让诗意充满心里
听！快乐的鸟儿在呢喃
新生活在召唤着你

1998 年 8 月

亚龙湾之行

椰林外、大海边，
巨浪涌沙滩。
骤雨忽下湿衣衫，
茫茫亚龙湾……

天之涯、海之角，
人生多艰心坦然。
潇潇雨歇海天阔，
旖旎风光伴。

1993 年 8 月

让我们永远是春天

我就是那美丽的春天
最美的愿望藏在我的心间
春天是播种的季节
我要埋头耕耘，奋力向前

我就是那温暖的春天
没有酷热，没有严寒
踏着春天的脚步
我想走遍僻野荒原

我就是那明媚的春天
生机无限，诗意盎然
春天是欣欣向荣的季节
我要把心底的爱向祖国奉献

我就是那永远的春天
尽管光阴飞逝，一去不返
童真的心伴随着生命的美
朋友，你也永远是春天

童真的心伴随着生命的美
朋友，让我们永远是春天

1999 年 6 月

远飞的大雁

清晨的天空像蓝色的海洋
一群大雁展翅飞翔
雁队壮观，排列成行
沐浴着新鲜空气，灿烂阳光

我羡慕你们远飞的大雁
你们一身轻松，翅膀多矫健
你们多么和谐，跟随着领头雁
你们多么潇洒，遨游于天地间

远飞的大雁啊，你可知道
我在为你们的顺利远行而祈祷
大雁啊，你如果知道
回头看看我该多好

大雁好像知道了我的心愿
速度减慢往回旋
我惊喜地拍手雀跃
大雁好像对我絮语喃喃

它们盘旋了一圈又一圈
才又排成“一”字飞向前

大雁飞走了
我的眼泪涌出来了
大雁飞走吧
前边的路还很远
大雁啊，你们小心地飞
前边还有高山大海
但愿别有人伤害你
野兽猛禽要躲开
大雁大雁快快飞
飞向那理想的世界
飞向那美丽的乐园

1997 年秋天

心中有一块绿洲

我心中有一块绿洲
当我饥渴的时候
在这里能找到清泉甘露
当我劳累的时候
在这里有一块歇息的乐土
心中有这块绿洲
我不怕路遥孤苦
就像那执着的骆驼
在茫茫的沙漠中行走
就像那辛勤的农民
盼望着金色的秋收
是的，不管环境多么艰苦
我自己也足够有一个欢乐的宝库
一块希望的绿洲

1996 年 7 月

任重道远新长征

红军长征二万五，
绝地反击云水怒。
血溅湘江突重围，
桥横铁索飞身渡。
雪山草地奈我何，
会师陕甘旌旗舞。
北上抗日彰大义，
民族伟业耀千秋。

今朝祖国展新容，
继往开来旗高擎。
披荆斩棘勇开拓，
成就辉煌举世惊。
居安思危谋远虑，
拒腐防变策英明。
百年梦想定实现，
任重道远新长征！

2016 年 10 月

游览天涯海角风景区

天涯碧悠悠，
海角波自流。
礁石无声语，
沙滩海浪丘。
古有忠臣士，
被贬到荒琼。
而今天下客，
欣然到此游。

海岛风光美，
众浇幸福花。
历尽创业艰，
海南大开发。
天涯海角边，
心潮逐浪花。
南疆千里阔，
护好我中华！

1993 年 8 月

内修篇

浩茫广宇宙，地转星又移。
弹指一挥间，人世沧桑几。
自我须超越，彻悟要深求。
坎坷视坦途，苦水化美酒。
人生天地间，胸怀天地宽。
自强真理求，“修齐治平”炼。
荣辱变不惊，无故加不怒。
审时度势清，点石成金著。
风高品廉正，气和心平湖。
淡泊以明志，宁静以致远。
勤奋以补拙，分秒惜千金。
山高聚石土，海深纳百川。
博采众长处，为我所用新。
人生路漫漫，上下求索远。
百折不回头，奋斗勇向前。

1996 年 7 月

五四青年节寄语

五四百年壮阔波澜
党旗高擎改地换天
一代代青年奋斗不息
闪光的足迹可歌可泣

新时代新长征
爱国强国谱新曲
铁肩担道义
使命牢牢记

奋斗者永远是年轻
不分职业不分年龄
青春中国风华正茂
齐心协力民族复兴

2019 年 5 月

教师节寄语

教师节里思恩师
小学中学大学时
诲人不倦音犹在
春蚕吐丝育英才
金秋硕果香飘远
学子之情师可知
三春之晖难回报
桃李天下慰恩师

2006 年教师节

警钟长鸣“九·一八”有感

国耻国难不能忘
警世钟声长鸣响
敌寇亡我心不死
魑魅魍魉贼觊望
国人筑起新长城
居安思危强国防
民族复兴齐奋斗
永保家园万年长

拜谒泉城李清照旧居

也许你的在天之灵
感知我们将要拜谒你
冬天的济南下起了蒙蒙细雨
在这阴冷的雨天里
我们轻轻走进你的纪念堂
走进漱玉堂
走进你的旧居

恭立在你的塑像前
凝望你端庄秀丽的脸
遥想当年
你在颠沛流离的寒风苦雨中
“寻寻觅觅，冷冷清清，凄凄惨惨戚戚
千古第一才女著名的一代词人李清照啊！
你的后半生多么孤独与不幸
世人为你的晚年哀婉心痛

听着外面淅淅沥沥的雨声
我仿佛看见当年风烛残年的你

怎敌那寒冷的天，晚来风急
守着窗儿，独自怎熬到天黑？
“梧桐更兼细雨
到黄昏点点滴滴。”
这次第，令人心情如此沉重
也令我对你更加肃然起敬
我喜欢你词的婉约清丽
我欣赏你词情慷慨的《夏日绝句》：
“生当作人杰，
死亦为鬼雄。
至今思项羽，
不肯过江东。”

你的诗句如乌云中的电闪雷鸣
你濒临绝境，
仍不忘忧国忧民
你满腹经纶
却报国无门
你高洁的一生
被世人尊为“藕花神”
世代传颂供奉……

“让我们一起照个相吧！”
同行朋友的话语

拉回了我的思绪
命运坎坷的女词人啊
如今你定会感到欣慰欢畅
不会再孤独感伤
每日人们络绎不绝地来到你的厅堂
你看！一群作家、艺术家和诗人
正簇拥在你身旁
他们神采飞扬，活力无限
犹如一朵朵盛开的水莲花
而你就是亭亭玉立、众星捧月的“莲花之仙”！

2016 年 11 月

凌临千佛山

千佛山肃穆庄严
沿着上山的石阶轻轻地走着
我来到了佛的世界
佛光普照着我
感恩的心啊
如此温馨祥和

梵音萦回在耳边
香火缭绕，游客不断
千佛山上诸尊佛啊
但愿人们没有打扰到你们坐禅

伟大的佛祖啊
你安然静卧
可感知前来朝拜的我？
你抛开荣华富贵
放弃待继的王位
去过苦行僧生活

你的思想学说，醒世警言
由弟子回忆，整理汇编
佛经是人类历史上
一笔丰厚的文化遗产
普度众生的佛祖啊！
你是人类的先哲
是生命科学的探索者

佛在我心中
人人都可以成佛
采风高山流水
坐观云卷云舒
静悟禅心清澈
笑看明月清风
淡泊名利，摆脱平庸
善行天下，心怀苍生

仙山上的众佛啊
你们都有传世的歌
观世音菩萨啊
你微笑着欢迎我

我曾做过一个美梦
梦见你对我说：
“我教你的这种功

叫作千手万手佛手功
你就上上下下这么抖
百脉畅通病气走。”
功德无量的观世音啊
你的妙语我记心头

笑容满面的大肚弥勒佛
你给人们带来轻松和欢乐
你也在启迪劝慰世人：
大肚能容
容天下难容之事
笑口常开
笑世间可笑之人

中华民族的历史长河啊
传统文化博大精深，弥足珍贵
探索人生真谛啊
儒家、佛家、道家
万法融一，殊途同归
红色文化异彩纷呈，绽放光辉

集人类智慧之大成
仁政爱人
普度众生
上善若水

为人民服务
应是我们一生的座右铭

2016 年 11 月

回家看看吧

回家看看吧
选一个春暖花开的时节
去看看松花江畔的毓文母校
去会会久别的同学
虽然微信里常相聚
更盼望握手言欢欣回故里

回家看看吧
很想念集体户的同学们
回去和你们再聚首
坐在一起快乐又温暖

我们曾同住一个房檐下
我们曾同吃一锅饭
我们曾共同搏击风雨
盼望着改变命运的那一天
如今虽已年近古稀
谈笑中仍不忘当年

回家看看吧
让我们一起回第二故乡
黑土地上留下了我们的汗水
也留下了我们的惆怅和怀想

半个世纪过去
山乡一定变了样
还有多少熟悉的面孔
愿善良的人们活得久长

回家看看吧
看看亲朋好友
看看可爱的家乡
美丽的江城风光旖旎
那里是我梦想起飞的地方
亲情、恩情和友情
永远的眷恋没齿不忘
人生路上苦中有甜
磨砺成就了坚强的翅膀

家乡越来越美丽
游子心中甜如蜜
每每想起心潮涌
盼望早日回家去

回家看看吧
那里是我和父母兄弟姐妹生活过的爱巢
成长的不易
父母的辛劳
美好的回忆在心头萦绕

如今与父母阴阳两隔
黯然悲伤无处说
想到墓前去祭扫
愿父母在天堂里吉祥快乐

兄弟姐妹创业四方
隔不断魂牵梦绕思家乡
父母之恩常缅怀
手足之情忆沧桑

愿亲人多保重
多回家乡去重逢
珍惜晚年夕阳美
健康幸福大家庭

2015 年 5 月

想回家

爹妈在
想回家
爹妈没了
家在哪儿?
抱膝歌
对月吟
与星话语
情深深
天上亲人可知否
女儿思念一片心……

2016 年 8 月

回　家

天上的星星会说话
会说话
让我快回家
快回家
我欲归去没有路
没有路
徘徊在天涯
在天涯

天上的星星把眼眨
把眼眨
安慰我别着急
莫牵挂
神往的道路千万条
千万条
“众生度尽”就回家
就回家

2006 年 8 月

春节回家

情浓浓
梦里常相拥
心切切
遥望家乡愁
四海奔波多艰辛
妻儿老小思念苦
何时往家走？

风习习
耳边传蜜意
语柔柔
春节归来期
山高路远游子路
碧水漾波深情寄
相见多欢喜

2017 年 1 月

迎接新的一年

新年的钟声即将敲响
仰望星空心灵激荡
祖国啊，亲爱的母亲！
我们又走过不平凡的一年

祖国日新月异地发展
改革开放影响深远
几十年力赶世界几百年
中国梦正在我们的奋斗中努力实现

我们创造了人间奇迹
但还有许多不尽如人意
我们搏激流战险滩
前面还有万水千山

新的一年
使命在召唤
任重而道远
好儿女鼓足劲加油干

闯关夺隘排万难
迎来更美好的明天！

2018 年 12 月

人民歌者情系人民

以人民为中心
以精品奉献人民
习近平总书记的讲话
如春雷一般
令人鼓舞振奋

表达人民的心声
为时代明德引领风尚
总书记为我们文艺工作者
指明了前行的方向

走进新的时代
回望走过的征程
一段段风云激荡的革命斗争
和社会主义建设的历史
都有红色的歌伴行

《义勇军进行曲》《保卫黄河》
至今仍令我们热血沸腾

文艺是时代前进的号角
映照着理想信仰的永恒

奋进新时代
开启新航程
亿万人民致力于中华民族的伟大复兴
攻坚克难，砥砺前行

时代的歌者
要投身于人民的事业中
把人间真善美歌颂
点赞时代的英雄
劳动者最光荣

和平的社会环境
舒适的生活条件
使享乐主义思想
容易滋生蔓延

“共和国是红色的
不能淡化这个颜色。”
习近平总书记的话振聋发聩
警醒我们不要昏昏欲睡

是的，无论我们走多远
都不能忘记当初的出发点
为祖国，为人民
为心中大爱奋斗永远

“文运同国运相牵
文脉同国脉相连。”
牢记使命、不忘初心
培根铸魂、打造精品
凝聚中国力量
弘扬中国精神

人民歌者情系人民
扎根大众谱写新篇
金山银山多宝山
大地深情在呼唤
倾听人民之心声
不负重托笔勤耕

2019 年 3 月

谷雨喜雨忆当年

人说谷雨难得雨
今岁此时雨纷纷
喜出望外心想起
知青插队小山村

那里清明忙种麦
谷雨节气种大田
旱田水田劳作苦
起早贪黑人疲倦

那里无霜期限短
丰年不收无苗田
播种抢种全苗保
春华秋实人期盼

当年情景浮眼前
苦累忘却心悬念

梦回山村黑土地
今朝一定更好看

2019 年 4 月

重阳节抒怀

金秋挥舞七彩笔
五颜六色画大地
放飞心情登高望
夕阳最美喜洋洋

九九今又是重阳
丹桂飘香菊花黄
层林尽染如诗画
硕果枝头采摘忙

五谷丰登喜归仓
农机作业心花放
盼得岁岁好年景
生活幸福日子旺

秋天收获好时节
人生晚年莫白闲
激情岁月成追忆

回味无穷凝华笺
秋果含笑报春光
老骥伏枥志远方
不用扬鞭再奋蹄
乐在其中天地广

2019 年 10 月

赏荷花

荷塘接蓝天
风和艳阳暖
我俯身在荷花簇拥的悠长小桥
看荷花绽放分外娇

美丽的荷花仙子啊
你在水中亭亭玉立
平日只能远观欣赏你
今天终于和你零距离

你靓丽的容颜
像刚刚梳洗
你高雅的风韵
魅力无比

你中通外秀香远益清
你不蔓不枝闹中取静
你修得全身都是宝
倾你所有献众生

轻牵你的绿叶裳衣
和你执手依依
感动你的花容月貌
和你拍一张合影照
美丽的荷花仙子啊
我们同在大自然的怀抱

2019 年 8 月

《西游记》电视剧观后随笔

八十一难路坎坷
坚守初心抵诱惑
仁僧慈悲屡遭险
金猴火眼降妖魔
西天取经获圆满
师徒如愿拜祖佛
经书法号真传得
普度众生功德卓

2018 年 6 月

为中国女排荣获2019年世界杯冠军喝彩

力拔山兮气盖世
挥铁臂兮壮国志
老将郎平担使命
挂帅女排战征程
顽强拼搏不言弃
横扫对手如卷席
连胜夺冠国歌响
女排精神永发扬

2019年11月

爱国精神永发扬

——端午节寄语

爱国诗人垂青史，
屈原殉国沉汨罗。
宁愿玉碎不瓦全，
壮怀激烈放悲歌。

留下千古之绝唱，
不朽诗篇开先河。
浪漫主义从此创，
独树一帜后人仰。

华夏爱国传统在，
忠肝义胆保家邦。
夜漫路难其修远，
五四以来谱新章。

镰锤旗开风雷动，
前仆后继奋斗勇。
建立伟大新中国，

先辈夙愿化宏图。

探索中国特色路，
改革开放不停步。
闯关夺隘排万难，
蒸蒸日上祖国富。

居安思危防演变，
反腐倡廉江山固。
审时度势具慧眼，
牢记使命心如初。

共筑伟大复兴中国梦，
“苔花”“牡丹”竞开放。
高歌奋进新时代，
爱国精神永发扬！

2019 年 5 月

“一带一路”幸福路

“一带一路”幸福路，
沿线国家共繁荣。
逢山开路，
遇水架桥；
高铁巨龙舞，
港口新面貌。

物流贸易大通道，
人文交流平台造。
海陆空加互联网，
互联互通更有效。
共商共建亦共享，
人民生活更美好。

全方位多领域，
携手并肩齐努力。
构建人类命运共同体，
国际合作你中有我，
我中有你，

我们合作共赢同舟风雨。

“一带一路”，新时代丝绸之路；
“一带一路”，共赢之路；
“一带一路”，友谊之路。
抓住历史机遇，
顺应时代潮流，
共建“一带一路”，
造福人类幸福！
好伙伴，好朋友，加油！

2019 年 4 月

今日秦淮

秦淮悠悠波光漾，
河畔兴隆商业场。
街市繁华多古迹，
动听歌曲入心房。

2019 年 5 月

祭谒雨花台烈士

雨花台园，翠柏苍松。
烈士群雕，气贯长虹。
主峰山巅，纪念碑耸。
纪念馆里，烈士遗物，
事迹史料，照片手书；
耿耿丹心，感人肺腑。

脚步轻轻，心情沉痛。
默哀致敬，追思无穷。
黑暗社会，民不聊生。
无数志士，不屈斗争。
党旗指引，解救大众。
敌人屠刀，血雨腥风。
身受酷刑，铁骨铮铮。
视死如归，战旗染红。

今朝祖国，繁荣昌盛。
不忘使命，怀念英雄。
新长征路，砥砺前行。

团结奋斗，民族复兴。
中华儿女，同心筑梦。
国泰民安，告慰英灵。

2019 年 5 月

瞻仰中山陵

六朝古都览名胜，
庄严肃穆中山陵。
络绎不绝人瞻仰，
心潮起伏感慨生。

先生博爱系大众，
天下为公三民弘。
辛亥革命除帝制，
高举旗帜反帝封。

壮志未酬身先终，
常使后人扼腕痛。
英灵有知应欣慰，
中华民族正复兴。

2019 年 5 月

永远的白求恩

诺尔曼·白求恩
是加拿大共产党员
是大家熟悉敬仰的伟大的国际主义战士
80 年前
年近五十岁的白求恩
离开了和平的祖国
放弃了安逸的生活
来到了当时是反法西斯战场的中国

临行前
他的高龄老母叹息着说：
“我这么大年纪了
你还没有孩子……”
妻子流着泪劝他不要去中国

白求恩很爱妻子
也深爱母亲
可他还是背起了行囊
离开了家乡

不远万里
来到了华夏大地

20 世纪 30 年代的中国
是一个正在遭受日本帝国主义侵略的多难之邦
人民生活在水深火热之中
抗日的烽火燃烧在中国大地上

白求恩亲临前线
以满腔的热忱
精湛的医术
对伤员就地施行医疗手术
使许多患者转危为安

他还为抢救伤员献血
向医务人员传授输血技术
组织献血队伍
他经常夜以继日地工作在手术台前
有一次长达 69 个小时的连续作战
抢救了 115 名伤员

然而令人痛心的事不幸发生
白求恩在一次战地为伤员手术时
被手术刀划破了手指

感染化脓无法医治
他仍不停地为伤员做手术

直到发高烧病倒在床铺
他知道自己得了败血症
在生命垂危之际
白求恩用颤抖无力的手拿起了笔
给聂司令员写了一封信
一封令人感动，催人泪下的“绝笔”信

“亲爱的聂司令员
今天我感觉非常不好
也许我会和你们永别了
我在这里十分快乐
我唯一的希望是能够多做贡献……

“请求国际援华委员会
给我的离婚妻拨一笔生活款
我对她应负的责任很重
绝不能因为没钱而把她遗弃了
还要告诉她
我是十分内疚的
并且曾经是快乐的……

“最近两年是我平生最快乐最有意义的日子

可我不能再写下去
让我把千百倍的热忱都献给你
和其余千百万亲爱的同志……”
他最后对周围的同志们说：

“努力吧，孩子们！
向着伟大的路，
开辟着前面的事业！”

1939 年 11 月 12 日
诺尔曼·白求恩永远地闭上了眼睛
被称为“钢铁将军”的聂荣臻
看了白求恩的信泪流满面
晋察冀军民悲痛不已
按当地风俗
为这位外国人举行了隆重的葬礼

伟大领袖毛泽东
写下了《纪念白求恩》以深切地悼念：
“我们要学习他毫无自私自利之心的精神
从这点出发就可以变为大有利于人民的人……”
白求恩生于 1890 年 3 月 3 日
在白求恩诞辰 128 周年之际
我用心声编织成一个永久纪念的花环
献给伟大的国际主义战士——诺尔曼·白求恩

您把宝贵的生命和伟大的爱
都献给了中国人民
您永远活在中国人民的心里
您的崇高精神永远感动和激励着我们！

2018 年 3 月

立春雁归来

晴空万里群雁飞
展翅翩翩沐霞辉
鸣叫声声天籁美
塔楼高层旋来回
猛悟今天是立春
惊叹生灵感知神
春江水暖鸭先晓
春日阳温雁早归

2018 年立春日

春　雪

忽如一夜梨花开
惊蛰时节大雪来
松柳玉树珊瑚塔
山林沃野一片白
冬天不舍归隐去
回眸招手玉鳞飞
瑞雪飘飘心神爽
万物复苏早翠微

2018 年 3 月

三月雪绒花

三月飞来雪绒花
一夜骤寒温差大
难道是冬走又回
寒风瑟瑟人惊诧
应是天公怜子民
北国惊蛰不见葩
撒下漫天鹅毛雪
装扮大地早芳华

2018 年 3 月

家园幽思

夕阳西下霞满天
青山绿水我家园
星星提灯来做客
月亮云间展笑颜
春风拂面沁肺腑
诗文细品怡心田
人生路漫其修远
我愿是那一朵莲

2017 年 5 月

美丽皎洁的月亮

你在夜空中高悬
把人类俯瞰
美丽皎洁的月亮啊
你折射太阳的能量
和太阳轮流值班
佑护着人类家园
你的笑脸
是夜行人的企盼

你那如水的月光
母亲般温柔慈祥
你把银辉洒向山川沃野
让自然万物吸收你的精华灵光
听庄稼在夏夜里拔节声响
看大海潮落潮涨
带来万千气象

你照在边疆海防

让夜里巡逻站岗的战士
眼睛更亮
有了你的陪伴
就像亲人在身边
手握钢枪心里暖

美丽皎洁的月亮啊
你的琼楼玉宇
引人遐想又好奇
多少神话传说
多少凄美浪漫的梦
写在你的月宫里

你虽然默默无语
却给人以无尽的启迪
你的“阴晴圆缺”
让人感悟“悲欢离合”的哲理

自古伤离别
人间重团聚
你那圆圆的满月
牵动过多少游子的乡愁
写下了流传千古的名篇佳句

“举杯邀明月，对影成三人”
你是游子孤独的慰藉
你是远行者的知己

多少人仰望着你
在八月中秋的夜晚
“但愿人长久，千里共婵娟”
一轮明月啊
请捎去我对亲人的祝愿

2018 年 9 月

故乡情

故乡的山啊故乡的水
故乡的山水多么美
故乡的云啊故乡的风
人在诗情画意中

兄弟姐妹归故里
千里来聚喜泣集
缅怀父母恩如山
德佑子孙福万年

2018 年 5 月

游故园

笑靥花丛两映红
杨柳婀娜舞东风
姐妹喜游故园景
依稀梦回小顽童
美好时刻留倩影
欢声笑语乐融融
松江碧波连天涌
手足情深比水浓

2018 年 5 月

红色江山我们守

——缅怀伟人毛泽东

四十一年弹指间
伟人毛公世长眠
九州哀痛追悼日
国人挥泪向天安

人民永远怀念你
伟大领袖毛泽东
六位亲人捐躯勇
其中儿子毛岸英

一生忠贞为国酬
拒腐防变你心忧
红色江山靠谁守?
路漫曲折你探求

东方巨龙顶天立
继往开来习主席
毛公思想永高举

开辟人民新天地

脱贫致富奔小康
清正廉洁树新风
民族复兴中国梦
砥砺奋进新征程

捷报飞来毛公慰
夙志不曾东流水
不辱使命为人民
擎旗自有我后辈！

2017 年 9 月

感恩父亲母亲

感恩父亲母亲
给了我宝贵的生命
教我懂得了真正的人生：
“不能白来世界一回
要对国家，对人民有用。”

感恩父母
让我生活在一个幸福的大家庭
父母含辛茹苦
养育了 9 个儿女
我常常很庆幸
庆幸排行在中间的自己

小时候有哥哥姐姐和我玩
给我的启蒙真不少
我从懂事起就看护弟弟妹妹
这让我学会包容忍让成熟得早

和父母兄弟姐妹生活在一起的日子

是多么甜蜜
如今这一切
都成了往昔的回忆

母亲节
我在五月的花海里深情伫立
母亲开心的笑容在我眼前浮起

父亲节
我在六月的清风中仰望长空万里
父亲那亲切的话语
在我耳边响起

在父亲母亲的节日里
我常常怀念
父母的慈爱
体贴又温暖
父母一生的辛劳让女儿阵阵心酸
父亲母亲啊
你们已永远无忧无虑
愿你们在天堂幸福平安

凝望夜空明月如银
我常想念亲爱的母亲

妈妈啊
女儿多想对你说
当年不能常回家的我
有时想你把泪落
但我从来没有对你说过
我是多么想你
因为我怕你知道了心疼我，惦记我
你的母爱似海深
女儿一生难报恩

看到荷花映日接蓝天
我常想起父亲给我讲《爱莲说》
爹爹啊
那时还是小学生的我
对你讲的虽不能全懂
但从此对莲花情有独钟

莲虽有藕不染尘埃
中通外直，香远益清
修得全身都是宝
倾其所有献众生

莲花是父亲的花中最爱
父亲的品德也如莲花一样
一尘不染，永远流芳

父爱如山给我力量
不倦教诲永记心上

父亲母亲啊
你们的儿女如今都已是晚年夕阳
颐养天年，儿孙满堂
但在我们心里
我们永远是父母的儿女
我们兄弟姐妹虽然天各一方
但能在视频里常“相逢”
微信里常“刷屏”

在父母诞辰百年之际
我们兄弟姐妹回到故里
在父母墓前祭谒
父亲的诗句
“未完事业满天下
待读文章遍宇中”
儿女们常提及

感恩父母给了我们思想
让我们的人生充满阳光和希望
让我们永远欢聚一堂
一代传一代
奋斗接力赛

自强不息天酬勤
国兴家旺父母欣
感恩父母！
献上最美的祝福！

2019 年 6 月

清明祭父母

父母安眠净月潭
回归故里甚慰安
山水有知迎贵主
松涛细语忆当年
爱国为民伟哉父
辛劳育儿慈祥母
极乐世界无忧虑
国泰家兴子孙福

2017 年 4 月

清　明

今岁清明雪纷纷
洁白琼花祭先人
天路茫茫追思远
逝者英灵化星辰

2018 年清明

冬至寄语

冬至春不远
瑞雪兆丰年
心中有大爱
四季如春天
江河滚滚流
天地悠悠远
人在旅途中
友情更温暖

2019 年冬至

夕阳红

千帆尽过入港湾
夕阳正红霞满天
人间晚晴桑榆美
流水潺潺乐青山

2019 年 10 月

等　你

如放绿的幼苗盼望甘露春雨
如巢穴的雏鸟期待母亲的哺育
我们满怀激情地等你
“兰亭杯颁奖典礼”的佳期

2019 年 8 月

上善若水

冰生于水乐严寒
水沸蒸汽引擎先
润泽万物不争利
滴水穿石柔克坚
高浮成云低注壑
不舍细流奔海川
无悲无怨无愧悔
亦成亦败亦坦然

2017 年 12 月

望　海

蓝天空如镜
大海碧澈清
放眼千里望
水天一色中

1993 年 8 月

心贵平和

喜怒悲哀忧思恐
人之情绪常理中
理智清醒把握好
不要偏激要适中
过眼烟云转头空
美好记忆留心胸
大千世界人生悟
大爱情怀润宇中

2016 年 5 月

花儿与少年

花儿与少年
乐在天地间
花儿朵朵开
少年踏青来
苍穹蔚蓝远
枝头鸟鸣欢
诗情画意美
生活永是春

2016 年 5 月

咏　梅

铺冰卧雪凌寒开，
红白冷艳暗香来。
亭亭玉立守天地，
笑迎青松百花开。

2016 年 5 月

咏　竹

亮节英风映碧空，
虚心实质得天工。
炎凉荣枯挺拔伟，
能屈能伸艺器成。

2016 年 7 月

心如莲花

《爱莲说》后咏莲难，
一文概全雅君莲。
莲虽有藕无尘染，
大千世界心如莲。

2016 年 7 月

赞枫叶

晚秋枫叶赛红花，
深吻大地飞彩霞。
久经风刀霜剑砺，
轮回泥土待芳华。

2015 年 10 月

感恩老师

三尺讲台授业精
言传身教育人诚
答疑解惑迷津点
达才成德羽翼丰
岁月沧桑亦有痕
夕阳学子忆师恩
金秋迎来教师节
遥祝老师安康健

2019 年教师节

情寄故乡花月夜

十五月亮十六圆
校友群里喜相见
元宵佳节诗会友
韵香陶醉笑开颜
琼花彩灯故乡月
游子千里共婵娟
愿随月华飞故里
美酒欢歌不夜天

2018 年正月

百瑞谷里诗意浓

葱茏绿浪旋
山路十八弯
走进百瑞谷
“文豪杯”大赛文友聚言欢
有旧交，有新知
来自地北天南，海洋彼岸
诗和远方的召唤
让我们不远千里来相会
有缘一梦牵

颁奖台上手捧荣誉证书
巨大的鼓舞似股股暖流
让我们乘着新时代的东风
继续努力
为祖国为人民
为讴歌真善美
笔耕不停息

盛会圆满成功备受激励

采风游览心旷神怡
人杰地灵百瑞谷啊
你是英雄的土地
抗日战争时期
这里曾有我军的兵工厂
制造子弹、手榴弹
运往抗战的前方

历尽沧桑瑞云寺
梵音渺渺香火盛
晨钟暮鼓醒睡人
广结善缘度众生

群山连绵巍峨壮观
层林幽静山路盘旋
海拔最高 1800 米
云雾缥缈绕山间

玻璃石岛一奇观
走在上面心惊胆战
脚下山腰令人晕眩
周围风景别有洞天

满山花开鸟语蝶飞
百花山麓峰峦叠翠
看那杜鹃花儿红

想起歌曲《映山红》：
“映山红哟映山红，
英雄儿女哟血染成……”

仰望山峦起伏
山巅象形各异
如无字天书
又如勇士鏖战沙场
化作了山脉的脊梁
化作了永恒的雕像
神情坚毅安详
伟岸的身躯昭示着信念的力量

我久久地凝望它们
心潮掀起层层波浪
大山啊
我走近你的灵魂
我听到庄严的呼唤
你是一首无言的歌
在我心中激荡永远

畅游百瑞谷
景色看不够
山门天池波光粼粼
天马草场植被成茵

冰河花海
山花竞相开放
人们欣赏大自然的美好风光

这里的蓝天一尘不染
这里的青山给人梦幻
这里的山泉淙淙流淌
这里是清凉的世外桃源

这里是一片神奇的土地
穿越时空 77 万年
我们的祖先曾在这里生生不息
距此不远的周口店龙骨山
就是北京猿人古化石的发现地

令人神往的百瑞谷啊
你让我们流连忘返
你给我们带来心灵的震撼
依依惜别几回头啊
再见了百瑞谷
百瑞谷再见

2017 年 8 月

注：百瑞谷自然风景区，位于京西太行百花山东麓房山区史家营乡。

青春无悔

我青春无悔
因为有大爱相随
远山的呼唤
大地的期盼
在我心中
一直挂牵

人民的哺育
应感恩铭记
母亲的需要
是我前行的动力
人生的价值
在浸透汗水的奉献里
虽然平凡默默
却是我追梦的慰藉

我们青春无悔
因为我们人生无愧
在祖国的万里边疆海防

我们日夜巡逻站岗

不畏酷暑严寒
何惧高原缺氧
保卫伟大的祖国
战士无比自豪无上荣光

我们青春无悔
因为我们心系人民的安危
每当地震洪水灾害突发
子弟兵冲向第一线
奋不顾身，排除万难
多少鲜活的生命转危为安

我们青春无悔
你看我们正辛勤工作在各个建设岗位
锐意进取，攻坚开拓
为实现中华民族伟大复兴
唱响新时代的青春之歌

我们青春无悔
因为美好的青春已永驻心扉
为人民服务没有驿站没有终点
要为崇高的信仰奋斗永远

青春无悔啊人生无愧
砥砺奋进，大有作为
理想的光芒啊前进的灯塔
永在心中熠熠生辉

2017 年 5 月

上泰山

平步青云坐缆车
索道一线追云朵
峰岭叠翠雾缭绕
须臾飞过碧九霄
白云深处泰山顶
拔地通天冠五岳
风调雨顺佑人愿
国泰民安天酬劳

2017 年 10 月

观泰山日出

凌临泰山顶，
喜望众山峰。
光芒映彩霞，
漫雾似纱绫。
游人不辞苦，
千里来登峰。
心旷天地广，
神怡日更明。

2016 年 9 月

伟人思想万代传

——纪念伟人毛泽东诞辰 126 周年

毛公华诞想毛公，
救国救民恩如山。
一生奋斗创伟业，
满门忠烈感地天。
红色江山根基固，
思想精神万代传。
领袖音容犹依在，
激励后人国梦圆。

2017 年 12 月

问泉哪得清如许

——游览趵突泉公园随想

趵突泉
“天下第一泉”
让我一睹你的风采
你果然名不虚传

泉水清澈见底
荡漾微微波澜
三股喷薄而出的雪涛般泉涌
是泉群中最壮美的奇观

冬天的趵突泉公园
寒冷送走了树叶、鲜花、绿草……
纤瘦的垂柳更显婀娜妖娆
在风中舞动着柔美的枝条
向远方来客问好

沿着石径走
泉池星罗棋布

环栏石砌
“镶嵌”着一颗颗“明珠”
凭栏俯视
平静的水面下一片生机
五颜六色的鱼儿
摆动着美丽的裙裾
不时地吐着气泡
欢快地嬉戏

快看那个泉池里
憨态可掬的小海豹
一挺身钻出水面
向人们示意招摇
又一扭身扎进水里
躲在一角静悄悄
你是在和我们捉迷藏吗？
可爱的小海豹

置身这一方净水
心如甘露般甜美
一池池的碧波
犹如一块块大明镜
波光里的清影——
岩石、树木

天空、云朵
雕梁画栋
在水中倒映

摇头摆尾的鱼类
成群结队地穿梭其中
游弋在树枝、上了云朵
游弋在亭台、上了楼阁
好一幅动静之美的瑰丽画卷
又像是水晶宫里的童话传说

循着《漱玉集》的墨香
我们来到漱玉泉旁
拜谒“李清照纪念堂”“漱玉堂”
宋代著名女词人旧居就在这里
她在晚年用此泉命名她的词集华章
遥想女词人晚年漂泊异乡
怀念故土，终不能回，玉殒他乡
怎不令人怆然而涕下
心中感伤

仰望苍穹，天路深远
环望泉池，波光粼粼
伟大的女词人啊！
故乡的土地

给了你幸福生活的回忆
酿就了你婉约清丽的美词佳句
故乡的泉水
滋养了你高洁不屈的风骨
你的家国情怀
不竭的文思
就像这不舍昼夜的泓泉喷涌千古

驻足在名泉边流连忘返
清冽的泉水荡涤心间
令人遐想无限
问泉哪得清如许?
为有地层活水来
汩汩流淌的泉涌啊!
你触动古今多少文人墨客的灵感
引来多少作家诗人的赞叹
如今你也流进我的心田
你给我启迪、给我灵感
我愿是你激湍中的一股甘泉
源自大地
清流永远!

2016 年 11 月

共和国七十华诞有感

七十华诞东方龙，
壮丽辉煌举世惊。
屈辱之痛雪耻尽，
站起富起强起雄。
航母威威护疆海，
卫星熠熠绕太空。
“一带一路”英明倡，
中国腾飞世界兴。

2019 年 10 月

唱响主旋国生辉

——赞首届“福苑杯”大赛暨南京笔会

四海诗友南京荟，
神往已久“福苑杯”。
六大盛会于一体，
高端峰会弘国粹。
获奖激励心潮涌，
盛世讴歌文采飞。
古韵新诗百花放，
唱响主旋国生辉。

2018 年 7 月

致友人

老骥不伏枥
互勉自奋蹄
珍惜第二春
生活甜如蜜
莫道桑榆晚
明晓又晨曦
天涯有知己
旅途不孤寂

2018 年 6 月

答友人

谢挚友
鼓励篇
风雨山村犹眼前
激流过千帆

心如初
梦在圆
时不我待再加鞭
吾辈凯歌还

2018 年 10 月

你

永恒的信仰
在你的筋骨里

永远的激情
在你的血液里

美好的诗意
在你的心田里

追求的艺术
在你的生命里

温暖的亲情
在你的牵挂里

真挚的友情
在你的大爱里

默默奉献

在你的希望里

青春永驻
在你的快乐里

2019 年 10 月

向白衣战士致敬

在 2020 年春节即将来临之际
前所未有的新型冠状病毒感染疫情
在多地发生
严重威胁着人们的生命
战胜疫情刻不容缓
习近平主席总指挥
打响了全国抗击疫情总体战、阻击战

耄耋之年钟南山
古稀之年李兰娟
挂帅出征上一线
率领专家团队勇奋战
忘我工作使命重
警示建议良策献
榜样感动亿万人
白衣天使众请战：

“我参加过抗击‘非典’，我有经验”
“我工作多年，专业技术熟练”

“我没有家庭负担”
“我是共产党员！”

请战书一沓沓
上面按满红手印
退休的教授医生也主动请缨：
“国有战，召必回，战必胜！”

战旗迎风猎猎
勇士们誓言铮铮
祖国母亲一声召唤
白衣战士集结出征

在阖家团圆的除夕之夜
在尽享天伦之乐的春节假期
一队队一批批
上百支医疗队
上万名白衣战士
告别亲人，义无反顾
从部队，从地方，从全国各地
坐高铁，乘飞机
驰援武汉，赴鄂战“疫”

和死神争夺生命

这是一场不能输的决战
生命卫士心中只有患者
没有自己的危安
请听他们那感人肺腑的语言：
“只要有一线希望
就做百分之百的努力！”
“只要我不倒下
就一直战斗到底！”

防护服里汗水湿透
护目镜里满是汗雾水珠
为节约时间和节省防护服
许多人内穿纸尿裤
在班上不吃不喝不脱衣不解手
坚守岗位全力以赴

“全副武装”的白衣战士们啊
人们看不清你们的脸
只能看见护目镜里
那善良专注的双眼
看你们匆忙的脚步像踩着风火轮
死神望而却步
无数生命转危为安

新时代最可爱的人啊

看你们为上前线剪去了秀发
看你们脸上被口罩、护目镜勒出了一道道印痕
看你们吃着方便面快餐

看你们下班后一身疲倦
仍带微笑的脸
有许多还是“90后”一脸稚气的孩子啊
让人心疼不已，泪水潸然

可爱的白衣天使们啊
你们工作时的面孔
是世上最美的容颜
你们身着白色“戎装”的模样
是天下最美的形象
你们是抗击疫情的中流砥柱
你们是人民生命的靠山屏障

勇敢的白衣战士们啊
当新型冠状病毒突然袭来
人类对它还不能立刻完全认知明白
这种病毒引发肺炎是如此之严重
传染性如此之强
以往的防治手段都不能把它阻挡

患者越来越多
你们超负荷工作

有的医护被感染
立刻接受治疗坚强乐观
痊愈后又重返一线
给人们增添了必胜的信念

为了救治更多的病患
康复的白衣战士主动去献血站
勇敢地伸出手臂
把珍贵的血浆捐献

然而令人沉痛的是
有的白衣战士
倒下了就再也没有起来
亿万人民为之悲哀
安息吧，为救苍生献出生命的白衣英雄
你的牺牲重于泰山
共和国史册永载你的英名
救死扶伤，医者仁心
你的精神永在人间

亲爱的白衣战士们啊
你们在紧张工作的同时
千万要加小心防护好
现在的防控条件已越来越好
等着你们战胜疫情平安归来

一个也别再少

坚决打好武汉保卫战
打好湖北保卫战
“武汉胜则湖北胜
湖北胜则全国胜”

火神山，雷神山
十几座方舱医院火速建
新冠肺炎患者收住院
全力救治效果见
全国全民同时在行动
人民战争严防控

边救治病患
边攻坚克难
精选研发抗病毒良药
中西医结合疗效好
科研攻关勇探索
加快研制新疫苗

临危不惧抗击疫情
白衣战士冲锋陷阵
亿万人民感恩感动
志愿者队伍层出不穷

捐款捐物源源不断
各类物资保证供应
各行各业陆续复工
发展经济防控疫情
双管齐下同举并行

防疫态势正在向好
但仍严峻不可看轻
全力救治新冠肺炎患者
联防联控众志成城
中华民族历经磨难
不屈不挠战“疫”必胜

白衣战士负重前行
换来我们幸福安宁
崇高敬意献给英雄
人间大爱感地动天
消灭病毒曙光在前
盼望你们全员凯旋
武汉加油！湖北加油！中国加油！
严冬过后
是美丽的春天！

2020 年 2 月

2020 年三八国际妇女节有感

今年三八不寻常
红颜天使拼沙场
救死扶伤灭病毒
精忠报国不逊郎

贤妻良母乖乖女
冲上一线重任扛
全力施治医职圣
筑起生命保护墙

巾帼英雄众榜样
抗疫战场多女将
妇女顶起半边天
丰功伟绩民不忘

2020 年 3 月 8 日

新时代雷锋在成长

半个多世纪的光阴逝去
雷锋啊
你在我们心中从未离去
一代又一代的雷锋人
沿着领袖指引的方向
踏着你的足迹

在军营
在边疆
在哨所
在我国维和部队的远方
雷锋的钢枪
正握在战士们的手上

在乡村
在工厂
从塞北
到南疆
到处都有雷锋人的奉献

我们的队伍浩浩荡荡

助人为乐学雷锋
工作岗位学雷锋
风口浪尖做雷锋
危难时刻是雷锋
艺术人生写雷锋
欢歌劲舞颂雷锋
雷锋大旗
我们高擎

雷锋啊
你的战友至今不忘
你在生活上对他们关怀备至
在思想、工作上帮助战友成长
你默不作声地给生活困难的战友家寄钱
给灾区人民送去捐款
你心中永远装着祖国和人民
大爱情怀，青春永远

雷锋啊
你当年辅导过的红领巾
如今都已年近七旬
你影响了他们一生
留给他们永远的感动

他们都成为国家的有用人才
至今仍奉献在助推雷锋事业中

更令人感动的是
你当年的老首长、老战友
如今都已年近八旬
他们还在为广播雷锋精神的种子
夙兴夜寐、辛勤耕耘

一批又一批的战友兄弟
接过你的枪
你的部队营房
永远保留着你的床铺
你的同班战友
永远珍藏着你的遗物
雷锋啊
你永远在我们的队伍中

雷锋啊
你的日记已成为我们宝贵的思想财富
你的精神已融入我们的钢筋铁骨
你的生命
正在我们身上延续
你闪光的青春
照亮了我们火红的年轮

历史的长河时有逆流出现
今天的世界并不平安
有人污蔑英雄，诋毁雷锋
雷锋人拍案而起
爱国民众义愤填膺
捍卫英雄，捍卫雷锋
捍卫我们的信仰和政治生命

英雄不容抹黑
谎言必须揭穿
是非必须明辨
历史必须还原

英烈们已长眠于地下
不能亲自讲述当年血与火的真相
无奈跳梁小丑的造谣中伤
作为后人的我们
有责任为英雄正名
还英雄应有的崇高和荣光

英雄们的壮举感天动地
他们的行为
是信仰的能量
是大爱的情怀
是进取的锐气

是忘我的英雄气概

“不懂历史的民族没有根
没有英雄的民族没有魂”
我们要警钟长鸣
我们要积极行动
我们要拒腐防变防汉奸
筑成我们新的长城

这是一场没有硝烟的持久战争
我们要时时擦亮眼睛
捍卫英雄
捍卫信仰
捍卫我们民族的脊梁

雷锋啊，你看：
“沉舟侧畔千帆过
病树前头万木春。”
千万个雷锋在成长
英雄自有后来人
紧跟领袖习近平主席
我们乘风破浪向前进！

2016 年 12 月

五四精神永放光芒

五四运动开新篇
华夏历史新纪元
百年沧桑祖国巨变
峥嵘岁月热血青年
重温往昔激情澎湃
奋斗当代精神永传

一九一九年的五月四日
震惊中外的五四运动爆发
愤怒于丧权辱国的北京青年学生
三千多人在天安门前集会抗议，游行

“巴黎和会”不和平
列强欺华露狰狞
我国本是“一战”战胜国
岂容山东被转送？
北洋政府不知国耻
竟想在卖国条约上签字

卑辱传来众愤填膺
北大学生首当其冲
爱国浪潮风起云涌
睡狮觉醒发出震天吼声：

“外争国权内惩国贼！”
“收回山东权利！”
“誓死力争还我青岛！”
拒绝在对德和约上签字！”
“废除二十一条！”……
救国惩奸怒火烧

标语横街群情激昂
游行队伍浩浩荡荡
军警出动对学生施暴
上百名学生和爱国人士被捕坐牢

广大民众怒不可遏
星火燎原神州雷动
上海工人大罢工
全国各地接连响应
罢工，罢课，罢市，
与反动当局进行英勇斗争
运动中心由北京转到上海
中国工人阶级从此登上了历史舞台

最后迫于强大压力
北洋政府释放了被捕的学生和爱国人士
撤销了曹汝霖等人的官职
最终没有在《凡尔赛和约》上签字
五四运动取得了重大胜利
在中国历史的进程中具有里程碑意义

五四运动是一次自觉发动
彻底反帝反封建的爱国运动
五四运动的许多发起者和组织者
成为中国共产党的创建者和领导者
五四风雷为中国共产党的成立
谱写了建功伟业的序曲

五四精神的核心是爱国主义
其“爱国、进步、民主、科学”新思想
广泛唤醒了民众，传播了马克思主义
促进了中国新文化运动的深入
中国新民主主义革命从此开启

五四百年壮阔波澜
党旗高擎改天换地
浴血奋战前赴后继
推翻了三座大山

新中国成立

中国人民站起来了
中国人民富起来了
伟大祖国正在强大起来
一代代青年奋斗不息
闪光的足迹可歌可泣

走进新时代奋进新征程
当代青年不负韶华牢记使命
发扬五四光荣传统
镰锤旗下奋勇前行

“这里有我，请祖国放心！”
在祖国的万里边疆海防
我们的共和国卫士在日夜巡逻站岗
他们不畏环境艰苦负重担当
他们是保卫祖国的铁壁铜墙

“不要怕，解放军来了！”
在自然灾害面前
我们的战士舍生忘死力挽狂澜
一个个鲜活的生命转危为安

“我是中国人，祖国需要我！”

多少学业有成的海外赤子
放弃高薪不屑诱惑
冲破重重阻力毅然回国
有的人默默奉献在核基地的沙漠戈壁
有的人奋斗到生命的最后一息

“青春万岁！强国有我！”
在祖国建设的各条战线上
广大青年勤奋工作热爱本岗
在担当中历练，在尽责中成长
创造出许多奇迹为国富强为国争光

五四百年雄风在
兴国强国接力赛
新时代的青年啊
是实现伟大复兴中国梦的生力军
团结奋斗创新开拓
唱响新时代的青春之歌！

人生感怀

天地悠悠兮宇宙广袤
自然之母兮听我放歌
梅兰竹菊兮莲君伴我
江河湖海兮和声扬波
人生多艰兮踏平坎坷
理想信念兮心中圣火
人民至上兮报效祖国
家国情怀兮不可弃舍
我行我悟兮羁绊摆脱
默默耕耘兮知音友多
与时俱进兮常省己过
天道酬勤兮我们同乐

老有老的责任担当

孩子们都已长大
转眼儿孙满堂
虽然两鬓如霜
心中仍像花儿绽放

虽然已经离休退休
奋斗终身不能遗忘
让光荣传统代代发扬
老有老的责任担当

熬过了旧社会的黑暗苦难
走过了往昔的炮火硝烟
为共和国奠基创业
我们的经历是宝贵资源

讲好中国故事
凝聚中国力量
弘扬革命精神谱系
发挥我们老一辈的“特长”，

人民江山牢牢守卫
任重道远信心百倍
筑成拒腐防变新的长城
永葆伟大祖国繁荣昌盛!

警　钟

月满则缺兮水满则溢
自满骄败兮天道切记
功成历史兮已是过去
再从零起兮谨慎谦虚
一生赶考兮选对命题
人民至上兮奋斗不息
不计名利兮清廉自律
践行使命兮高擎党旗
戒骄戒躁兮行稳致远
答卷优秀兮人民满意
跳出历史周期律兮
红色中国全无敌

明月圆圆寄深情

——2022 年中秋教师节有感

中秋节，教师节
一日双节喜倍增
月圆花好合家乐
遥望千里寄深情
祝福民富国强盛
诸事圆满世太平
祝福恩师安康健
家人亲友乐融融
中秋之日心神往
游子乡愁思更浓

英魂归来兮·浩气长存

2022 年 9 月 16 日至 17 日，第 9 批在韩志愿军烈士遗骸回国安葬。2014 年至 2022 年，已先后有 913 位从韩国迎接回国的志愿军烈士在沈阳抗美援朝烈士陵园安息。

出征少年身
归来捐躯骨
英魂不泯灭
浩气贯长虹
棺椁红旗盖
最高礼仪迎
接英雄回家
国人目泪盈
战友和亲友
百感交集涌
天空下起雨
上苍亦动容
漂泊七十载
终于回故土

忠魂在述说
当年血与火
抗美援朝战
保家卫祖国
卧雪吃炒面
冲锋陷阵勇
坑道筑长城
出奇制胜赢
胸口堵枪眼
掩护战友攻
“快向我开炮”
飞身炸敌营
“人在阵地在”
无畏发誓言
“熊团”被全歼
王牌惨败叹

停战纸虎服
国威军威树
战火硝烟没
英雄俱凯旋

鸭绿江兮碧水寒
遥望朝鲜众青山
197653 位勇士兮

从此一去不复还
忠骨亲友泪
化作力无限
人民永铭记
最可爱的人
光辉同日月
精神感召人
缅怀敬英烈
奋斗永向前

祖国山河美
不忘英烈归
与韩共协商
与韩达共识
我国将接回
志愿军烈士
中国专机往
战机迎护航
英雄归故里
忠魂得安息
盛世如所愿
含笑慰九泉
生命化永恒
爱国薪火传
喜看我家园

幸福花开遍
红旗众手擎
复兴谱新篇！

2022年

注："熊团"是指美军北极熊王牌团（曾因战功显赫打出威名，荣获"北极熊团"的称号），是志愿军在第2次战役里消灭的美军的一个整团，这是志愿军在付出大量伤亡下打出的辉煌战果，北极熊团指挥官在战斗中阵亡，北极熊团的团旗也被我军缴获，现陈列在中国人民革命军事博物馆里。

秋分抒怀

今日是秋分
天气凉意深
阳暖风瑟瑟
昼夜均平分
秋分不生田
庄稼已开镰
遥望黑土地
丰收万顷田

机械收割忙
转眼粮进仓
满山瓜果香
人们采摘忙
绿水鱼蟹肥
笑声伴撒网
勤劳致富路
幸福达小康

农民丰收节

正是在今天
感恩共产党
心里装着咱
特定此节日
农民更欣欢
劳动庆丰收
美味佳肴宴

生活比蜜甜
一年胜一年
人勤地不懒
春华秋实献
丹桂正飘香
菊花遍地黄
花好月圆日
欢乐满城乡

金秋时节话重阳

迎盛会，庆丰收
欢度华诞喜气浓
红旗飘飘传捷报
团结奋进新目标

金秋时节多吉庆
一年一度又重阳
天高地广赏菊悦
老人开心美夕阳
安享晚年奉献爱
儿孙满堂体健康
祖国强盛民祥乐
感恩伟大共产党

注：盛会是指中国共产党第二十次全国代表大会。

幸福健康夕阳红

长天秋水菊花黄
九九重阳话夕阳
悠悠岁月催人老
转眼年华两鬓霜

穿越激流过险滩
天南地北为家园
踏遍青山不觉老
温馨港湾度晚年

宝贵经历是财富
努力挖掘献余热
不用扬鞭自奋蹄
谱写第二春之歌

江山赏景结伴行
高朋满座叙友情
天伦之乐家和美
幸福健康夕阳红

团结奋斗新航标

——写在党的二十大召开之际

精英荟萃金秋首都
党的廿大隆重开幕
亿万人民仰望北京
会场庄严群情激动

总书记报告引领航程
振奋人心力量倍增
百年奋斗万难不屈
站起富起国家强盛

伟大祖国风华正茂
急流勇进不畏惊涛
新时代十年突飞猛进
建党百年胜利达标

实现小康脱贫致富
乡村振兴人民幸福
经济繁荣科技领先

全面加强国家安全

百年奋斗第二目标
进军号角人心所向
继往开来团结奋斗
党的核心不负众望

科学指南行稳致远
理论创新勇于实践
战略举措新的思路
妙手绘制宏伟蓝图

“以中国式现代化
全面推进中华民族伟大复兴”
千秋夙愿勇毅前行
亿万人民共筑国梦

大美中华！壮哉华夏！
党旗飘扬踔厉奋发
第二个百年辉煌
使命在肩！胜利在望！

贺神舟十四号载人飞船发射成功

神舟神箭飞碧空
航天勇士赴苍穹
建造天宫空间站
任务艰巨使命重
筑梦九天探宇宙
拼搏攻关齐奋斗
致敬英雄航天人
造福人民立奇功

立冬有感

今日立冬
岁月太匆匆
年逾古稀惊回首
少年白了头

万木霜天
夕阳更火红
盼得飞雪迎春到
梅花笑枝头

我的四季歌

春季观百花
山青水潺潺
鸟语天籁美
采风天地间

夏季赏爱莲
池清喜影真
慕莲一身宝
默默献世人

秋季赏明月
看静美秋叶
桂菊花盛开
硕果忙采摘

冬季赏瑞雪
腊梅悦我心
诗书细品悟
人生四季珍，

金秋抒怀

秋色胜春光
硕果桂菊香
年年收成好
颗粒忙归仓

绿水青山美
牛羊鱼蟹肥
天高云淡远
翩翩雁南飞

人在旅途中
不觉夕阳红
笑看枫林晚
温馨暖心中

2020年国庆中秋佳节有感

金秋十月的大地最美
中秋之夜的月亮最明
今年的国庆中秋天巧相逢
同日双节万众欢庆

庆丰收，庆胜利，庆团圆
庆祝伟大祖国山河无恙，国泰民安
今年的胜利果实来得太不易
让我们把欢庆的酒杯高高举起

今年的岁月不平凡
我们经受了严峻的考验
暴风雨后彩虹更美
我们更知奋斗的使命和英雄的伟岸

人民不会忘记
祖国不会忘记
当可怕的新冠疫魔来袭
勇敢的白衣天使

不顾个人安危，对病人全力救治
上万名白衣战士从全国各地
火速奔赴武汉湖北疫区
筑起了一道保护国人生命的铜墙铁壁

人民不会忘记
全国的志愿者、雷锋人急疫情之所急
挺身而出，无私奉献
雪中送炭，捐物捐款
危难之时遍地英雄平凡中涌现

抗疫初战取得胜利
洪涝灾害又危情四起
人民不会忘记
战斗在风口浪尖上的人民子弟兵
抢救出无数百姓生命
当洪水退去
人们生产自救重建家园
今年又是一个丰收年

今年一路走来
泪水常模糊了我们的双眼
看到白衣战士休息时困倦的身影
看他们那印着口罩勒痕甚至是血痕的面孔
看那些抗洪抢险的战士风餐露宿

看他们的双脚被洪水泡得发白胀肿
这一切怎能不让人心疼感动

人民不会忘记
祖国不会忘记
在抗疫中牺牲了的白衣战士
在抗疫抗洪中献出生命的消防员、民警、基层干部、志愿者……
一曲曲英雄主义壮歌
一个个英名永载史册

人们也不会忘记
被新冠病毒夺去生命的同胞
他们是抗疫的先驱
为战胜疫情提供了宝贵经验和科学数据
望他们的在天之灵得到抚慰和安息

今年一路走来
我们经受了心灵的洗礼
我们看到了中国力量所向无敌
我们听到了中国声音掷地有声
我们感受到了中国精神的强大凝聚力

中华民族在磨难中成长
众志成城，意志如钢

党旗指引，所向披靡
勇往直前，夺取胜利
千秋浩气在
天地英雄气

今年一路走来
那许多鼓舞人心的惊喜
让人精神振奋激动不已
中国导航星耀全球
绝地反击扬眉吐气
科技领先开通 5G
国防力量如虎添翼
新冠疫苗研制成功
曙光在前消灭毒疫
捷报频传，欢呼喜泣
感动感恩倍加珍惜
平安幸福来之不易
同心筑梦奋斗进取
脱贫致富发展经济
使命担当信念如炬

国庆中秋家国梦圆
山河锦绣星空灿烂
中华儿女载歌载舞
母亲生日深情祝福

祝福祖国更加繁荣富强
我们永远守护在母亲身旁
我幸运我是中国人！
我爱你亲爱的母亲！

北斗导航　星耀全球

北斗三号发射成功
中华儿女欢呼激动
从此不再“受制于人”
壮哉祖国东方巨龙
看那腾空升起的运载火箭
底部喷薄着熊熊烈焰
带着亿万人的期盼
一飞冲天
此刻啊，怎能不热泪潸然
此刻啊，怎能不感动航天北斗人的奉献

2020 年 6 月 23 日
这是一个注定载入史册的日子
北斗第 55 颗也是组网的最后一颗卫星发射成功！
至此宣告我国全球卫星导航系统星座部署全部完成！
此刻啊，那些日夜奋战的北斗人
更是欢呼雀跃，开怀大笑
英雄泪洒止不住
笑了又哭，哭了又笑……

整整 26 年拼着命的工作啊
国之重器，玉汝于成
中国终于有了自己的卫星定位导航系统
开启了我国自主导航的新时代新征程

回首北斗创业漫长路
1994 年北斗一号建设正式启动
北斗人卧薪尝胆，背水一战
他们工作起来通宵达旦
饿了泡包方便面
困极了泡一杯咖啡提提神
实在熬不住了就在行军床上睡一会儿
突破国外技术封锁
攻下道道难关

把危机变成生机，绝地反击，和时间赛跑
有一次连续三天 72 小时不眠不休，争分夺秒
抢在空间频率失效前
把一颗负有重要使命的卫星送入预定的轨道

当收到这颗卫星从太空传来的清晰信号时
距离频率失效最后期限只剩下不到 4 个小时！
化险为夷，惊心动魄
我国终于赶上建设全球卫星导航系统的最后一班车！

功夫不负有心人
从 2000 年北斗一号首颗卫星成功发射
到 2020 年北斗三号最后一颗收官之星发射成功
在这二十多年的时间里
北斗人陆续把北斗一号、北斗二号、北斗三号共计 55 颗卫星
送入太空
以前所未有的“中国速度”
连战连胜

北斗一号系统的建成
标志着我国终于有了
自己的卫星导航系统
为我国用户提供
全天候的即时定位服务
2008 年汶川大地震
震中的其他通信手段全部失灵
唯一的通信方式就是使用北斗一号系统
我们的北斗一号立了大功

北斗二号系统的建成
实现了更好的为祖国服务
和向亚太多区域提供服务
党中央、国务院中央军委发来贺电：
“……该系统建成并投入使用

是国家和军队信息化建设的重要里程碑
是对我国经济社会发展的重要贡献……”

北斗三号系统的建成
实现了北斗全球组网
即向全球提供服务
已有许多国家成为用户
不论你在世界何处
都可以得到北斗的服务

北斗是百分之百国产
过去被“卡脖子”“遭白眼”的历史
永远一去不复返
北斗已位列世界四大导航系统
在国防、社会、经济、民生等领域广泛应用

北斗是守护国门的“定海神针”
它给导弹发射航空航海定位导航无处不能
它是遇到险情时最得力的通信导航助手
一键求救绝境逢生

北斗在移动通信、交通运输、海洋渔业、气象预报、
测绘地球信息等诸多领域
为人类社会国家安全和经济发展注入新的活力
北斗人的梦想

如愿以偿

“自主创新，团结协作，攻坚克难，追求卓越”的北斗精神
练就了无坚不摧的北斗团队北斗人
他们开拓奋进，技术精湛
作风过硬，英勇善战

宝剑锋从磨砺出
梅花香自苦寒来
有老一代航天人的传帮带
一代代的北斗人
团结奋斗接力赛
这支特别能战斗的队伍
是国人的榜样
是民族的脊梁

遥望蓝天，仰望星空
颗颗北斗卫星日夜运行在苍穹
那是造福人类的“中国星座”
梦在星空脚踏实地的航天北斗人啊
你们就是我们心中最亮的明星
我们满怀感恩感激感动
向英雄的航天北斗人致敬！

正月十五元宵节感怀

正月十五明月高悬
彩灯焰火夜空璀璨
万家团聚笑语言欢
山河无恙国泰民安
幸福的人啊请别忘记
有人为你负重在前

祖国万里边防线
戍边将士御敌守关
祖国领土一寸不让
甘洒热血痛打豺狼
忠心赤胆铮铮誓言：
“边防有我在，祖国请放心”

元宵佳节遥望边关
勇士英姿犹在眼前
英雄壮举感地动天
阖家团圆日，更思远方人

让我们共同致敬中国边防军
让我们一齐点赞人民子弟兵——
我们最可爱的人！

贺神舟十二号载人飞船发射成功

火箭腾空起，熠熠烈焰熊
神舟十二号，载人赴太空
中国空间站，开启新征程
航天三勇士，顺利驻“天宫”
奋斗苦磨砺，飞天逐梦成
星辰大海阔，宇宙奥妙多
造福全人类，科技兴祖国
再创辉煌业，航天众英模
致敬航天人，高唱凯旋歌

嫦娥五号探月载月壤样品归来遐想

月宫今何日？
好梦在青天
思乡嫦娥有预感
五妹欲来相见

欣然起舞万里长空
树下玉兔击乐助兴
吴刚备好桂花酒
只等五妹光顾喜相逢

嫦娥五妹一路顺风
探月看姐其乐融融
深情捧起地上沃土
地下月壤亦入囊中

告别姐姐五妹回家
月壤样品宝物无价
载人登月开发星球
人类梦想探索宇宙

送走五妹姐姐欣慰
婵娟嫦娥笑傲苍穹
从此月宫不寂寞
天上人间坦途通

榜样力量大无穷

平凡之处见精神
雷锋感动亿万人
珍惜幸福不忘本
胸怀大爱献青春
领袖题词民心向
英雄辈出雷锋涌
涓流汇海磅礴力
民族复兴梦成真

不忘历史，践行使命

——致敬最可爱的人

为了家乡稻花香飘河两岸
为了祖国好山好水风光无限
英雄儿女英勇拼杀在朝鲜战场
用鲜血和生命捍卫了和平，保卫了家乡

遥望金达莱花开放的山岗
英烈们长眠在异国他乡
悲壮的故事世代传颂
丰功伟绩铸就永恒的辉煌

伟大的祖国屹立在世界东方
14 亿儿女是母亲的铁壁铜墙
勇士们的热血在我们的周身流淌
朋友来了有好酒
强盗来了有猎枪

我们勤恳建设美丽的家园

我们时刻警惕魑魅魍魉的虎视眈眈
青春中国破浪前行
党旗引领无往不胜！

贺新年

生威福虎迎春到
壮丽山河分外娇
脱贫致富民祥乐
繁荣富强祖国好
建党百年创伟业
勇毅奋进新航标
任凭世界风浪起
行稳致远全无敌

2022 年春节

赞 2022 年北京冬奥会

冬奥五环银辉耀
五星红旗迎风飘
北京笑迎八方客
世界健儿宾如潮
威虎飞燕展风采
冰雪赛场春蕾开
同心筑梦创佳绩
我们一起向未来

赞 2022 年北京残奥会运动员

身残志坚技高强
浴火重生淬成钢
“天生我材必有用”
残奥选手你真棒
失明走出闪光路
无足攀顶冠群峰
踏平坎坷天地阔
追梦成真在北京

我们这一辈

我们这一辈
和共和国同年岁
在新中国的怀抱里成长
见证了祖国母亲
从一穷二白走向繁荣富强

我们的童年虽然苦了点
但和父母的童年相比
我们有书读
生活在和平环境里
旧中国那兵荒马乱民不聊生的苦难岁月
我们不曾经历
这是我们的幸运，我们的福气

二十世纪六十年代
国际风云多变幻
在共和国艰难的岁月里
青春年少的我们
分担祖国的忧患

上山下乡，去草原边疆
广阔天地刻苦磨炼
务农生产不忘备战
报名参军、民兵训练
边疆还有生产建设兵团
保卫祖国我们随时准备参战
建设新农村我们辛勤躬耕挑重担

招工回城、读书创业
投身改革开放
我们这一辈万难不屈，劈波斩浪
拼搏奋斗在各个工作岗位上

喜看祖国顶天立地真正站起富起强起来
喜看人民脱贫致富达小康
我们实现了第一个百年奋斗目标的梦想
感恩伟大的祖国，伟大的党
我们的生活充满阳光

在今天新长征的道路上
那催人奋进的时代号角
令人热血沸腾增添力量
向第二个百年奋斗目标进军
亿万人民团结一心，斗志昂扬

我们这一辈自知已是夕阳晚
余热虽有限，壮志仍不减
生命不息奋斗不止
赤子之心啊乐在奉献！

致敬我们的青春

——为集体户同学赋诗

当年下乡小山村
难忘同学友情深
辛勤躬耕苦磨炼
团结互助度时艰

广阔天地显身手
献血救人解危情
护理老人五保户
为民理发安电灯

同学好事说不完
穷乡僻壤爱心献
系民疾苦多服务
激流搏后尽开颜

如今华发童心在
归来仍是一少年
相聚言欢同回首
第二故乡一梦牵

2021 年学雷锋日有感

三月五日恰惊蛰
万物复苏水荡波
学雷锋日春潮涌
为民服务活动多
家国情怀乐奉献
人间大爱赋新歌
久积小善为大善
善莫大焉涓成河

从立春到大寒

——根据东北地区二十四节气歌和下乡插队种地实践经验编写

立春阳气转回升
雨水解冻河冰凌
惊蛰雷震眠虫醒
春分之日昼夜平
清明种麦扫墓祭
谷雨播种忙春耕
东北无霜期限短
起早贪黑分秒争

立夏风和天渐暖
小满抢种鸟来全
忙种开铲不抢种
夏至之日夜最短
小暑初伏不算热
大暑中伏最热天
赤日炎炎似火烧
田间干活好辛劳

立秋末伏忙打甸
处暑温降动刀镰
白露割烟架上晒
秋分之日昼夜半
寒露雁飞不算冷
霜降变天初霜现
编筐编篓贵收口
颗粒归仓保丰年

立冬天寒偶有温
小雪封地雪降临
大雪封河江茬上
冬至之日夜最长
小寒最冷是三九
大寒过后年到头
四季更迭无穷尽
沧海桑田天地悠

二十四节气古人传
生息劳作好经验
不违农时地增产
拔苗助长得其反
享用地球好资源

自然之母爱无边
保护地球人有责
共建和谐美家园

忆十里长街送总理

——纪念周总理逝世 46 周年

静卧花丛伟人长眠
举世哀悼天地同悲
十里长街送总理
万人痛哭心欲碎

往昔总理来民间
群众欢腾围簇拥
此日灵车缓缓哀乐低回
不见总理天路归
满腹悲恸难倾诉
化作如雨泪纷飞

敬爱的周总理
人民的好总理
你为人民鞠躬尽瘁
累垮了身体回天无力
我们心疼你

我们敬仰你
我们永远怀念你
每想起那悲痛的时日
仍陷入无尽的哀思里

你的丰功伟绩
永远矗立在我们心里
你的伟大精神
已融入党的血脉谱系
传承在中华民族的红色基因里
你的谆谆教诲
我们永世铭记

今天的祖国已今非昔比
人民脱贫致富实现小康
祖国日益繁荣富强
你的夙志如愿以偿

我们团结一心践行信仰
永远跟着党
勇毅奋进在新时代新长征的道路上
“不忘昨天的苦难辉煌
无愧今天的使命担当
不负明天的伟大梦想”
敬爱的总理啊

你的音容笑貌
你那炯炯有神的目光
给了我们无穷的力量!

党旗飘飘再出发

——建党百年书怀

镰锤旗开救苍生
真理唤起民众醒
武装斗争火燎原
热血换来江山红

人民当家站起来
翻身解放笑颜开
朝鲜战争突然起
边境无端遭祸灾

英雄儿女跨过江
保家卫国战杀场
“向我开炮”炸敌群
王牌惨败纸虎降

从此国威军威扬
人民振奋斗志昂
各行各业新气象

“两弹一星”强国防

使命呼唤国兴盛
改革开放党英明
探索开拓宏图展
喜看旧貌换新颜

脱贫致富达小康
科技领先百业旺
人工智能互联网
军工航天果辉煌

中国巨轮破浪行
刮目相看西方惊
屈辱历史雪耻尽
大国风范友国钦

建党百年国安泰
站起富起强起来
为民服务党宗旨
奋斗迎来今盛世

党旗飘飘再出发
不忘初心献年华
同心共筑中国梦
勇毅奋进新征程

欢庆中国农民丰收节

千里稻菽金浪滚滚
满山园林瓜果飘香
鱼蟹肥美六畜兴旺
勤劳的人们心花绽放

丰收佳节欢庆丰收
载歌载舞盛宴佳肴
幸福生活甜如蜜
芝麻开花节节高

脱贫致富乡村振兴
党的领导指路明灯
天道酬勤
致敬农民
奋斗最美
劳动光荣

芒种节气忆当年

今天是芒种
我身很清闲
公园去锻炼
草绿空气鲜
杨柳轻柔摆
天空晴碧蓝
乌鸣天籁美
游人笑语欢
遥望苍穹远
回首忆当年
下乡小山村
躬耕在农田
此时播种完
“芒种开了铲”

先铲“怀茬”谷子地
再铲出苗玉米田
头遍开苗似绣花
二遍铲地似跑马

铲第三遍如撵兔
你追我赶汗滴土

芒种更是插秧忙
东北此时早晨凉
起早贪黑累酸了腰
大米好吃罪难遭
插秧完毕薅稻稗
水旱田兼作忙不开
粒粒粮食皆辛苦
种田之后心感悟

如今农业机械化
人们心里乐开了花
青山绿水好资源
科技兴农日子甜
粮食丰产副业旺
建设最美我家园!

2020 年芒种

继往开来

镰锤旗开济世穷
前仆后继动地咏
热血换得江山赤
东方巨龙展雄风
创业改革天地新
党心民心一条心
不忘初心中国梦
开辟时代新航程

我 愿

我愿是那春风
吹遍无边的原野
我愿是那飞鸟
翱翔在寥廓的苍穹

我的心像蓝天一样晴朗
我的歌像百灵一样动听
你懂我那真好
我的朋友，我的小精灵

你不懂也无妨
鸟鸣啁啾
不求你懂
也许你仍然爱听

献给祖国的歌

——光荣在党50年抒怀

今年的8月13日，是我光荣在党50周年。50年前的这一天，1974年8月13日，我是一名知青，在东北呼兰河畔的那片黑土地上光荣地加入了伟大的中国共产党。在今年这幸福而有意义的时光里，我将我的一些诗歌散文编辑成个人作品专集《献给祖国的歌》。我很欣慰。

五十年岁月一路跟党走来，经历了风雨，经受了锻炼，也见证了祖国从一穷二白走向繁荣富强。此时我的心情无比激动，感恩伟大的党，感恩亲爱的祖国，感恩伟大的人民，感恩那片黑土地。

生命不息，奋斗不止。

——题记

光荣在党五十年
初心使命在心间
夕阳唱晚青山美
人间正道天地宽

2024年春天

第二部分　散文随笔

感　恩

感恩生身父母，感恩自然之母，感恩老师，感恩所有帮助过我、启迪过我的人。

人生是美好的，尽管有时会出现乌云。但心头爱的阳光会驱散阴霾。每个人都不是完美的。我不完美，但我深爱着脚下的每一寸土地……我愿尽我的微薄之力为它耕耘。

小时候父亲就常对我说，要做一个对社会，对人民有用的人。如果没用，等于白活于世。这句话影响了我一生。感恩我的父母，给了我宝贵的生命，给了我人生价值观的启蒙。

我开心生活每一天。感恩祖国，感恩我们的党。它让我们中国人增强了民族自尊心，无论世界风云如何变幻，我们都能国泰民安。

我感恩黑土地上那个遥远的小山村，在八年知青生活的岁月里，山村里的人们给了我雪中送炭的帮助。那时是“文革”时期，当时我父亲因冤假错案被关在单位里（后来平反，离休），邻居看见我也不敢说话了。山村里纯朴善良的人们让我感到了人间的温暖，看到了人生的希望。

有一位女社员，丈夫去世了，带着两个女儿生活，很困难。一天她病了，感冒发烧躺在炕上，没钱看病。我用仅有的一点钱买了药给她，她流着泪对我说：“你跟我亲闺女一样亲啊！”

顿时，我的眼泪也涌了出来：有什么比得上人们对自己的信任呢？这是对我最高的奖赏！

我感恩上苍，宇宙浩瀚无垠，斗转星移。我呼吸其清新空气，我快乐其四季轮回，敬畏其奥妙神秘。保护好我们人类赖以生存的空间吧，不要污染它，要善待它。从爱护周围的一草一木做起。

我感恩群山之巅飞起的那道绚丽彩虹。它曾使当年走在山路上（我是去山那边的一个村子里给一个偏瘫的农民针灸，之后在回来的山路上），刚刚经历了狂风暴雨，浑身湿透了的我惊喜得挥手雀跃，太美了！我很感动，自然之母把这样瑰丽的景色馈赠于我的眼前，她看见了我，她疼爱着我，她高兴我的归来。我的眼睛湿润了，人生之路虽不平坦，但只要我的心是贴近人民的，大自然的美和生命的美就永远与我同在！

我感恩山路两旁盛开的五颜六色的野花，它们含着水珠，在微风中摇曳着对我笑。我感叹，这漫山漫谷的鲜花，多么美丽，年复一年，不论人们能否看到它们，它们都以亮丽的花朵“报得三春晖”。

我感恩山坡上那潺潺流淌的小溪。在我们上山干活口渴得嗓子要冒烟时，老农领我们来到被树的枝叶掩盖着的一条涓涓溪流。老农教我们折一根空心蒿秆，插在小溪里吸水。清凉甘甜的溪水，至今还甜在心里，感动在心里。因为在这以前，我一直有一个想见大海的愿望，从没有过想见小溪的心愿。而现实生活中，小溪解了我们的燃眉之急。大海固然壮观，可离我们太远。小溪默默无闻，但在它附近干活，口渴的人很珍惜它。这也是一种平凡而伟大的精神啊！

“滴水之恩，当涌泉相报”，我们都希望能像大海一样。

但如果做不成大海，我甘愿做一条快乐的小溪，回报大自然和大千世界，为每一个有缘和我相遇的人献上一捧水，为周围的土地滋润万物。岂不乐哉！

2015 年 6 月

向致力于祖国科学事业的知识分子致敬

前些日子我去了长春。

走在工农大路和人民大街交汇处路旁，我在一片楼群的大门前停下了。这个大院就是被誉为“中国光学的摇篮”的中国科学院长春光学精密机械研究所旧址，正对大院门前的这座连体大楼，就是原光机所的研究楼，原所里的科研人员，以前就工作在这里。

仰望这座别具一格的建筑，我的心情很不平静，这是被称为“中国光学之父”的中国科学院院士、中国工程院院士、国际宇航科学院院士、光学科学家、教育家、“两弹一星”元勋之一王大珩先生（1915 年 2 月 26 日—2011 年 7 月 21 日）领导全所科研人员刻苦钻研攻坚，拼搏奋斗了几十年，创造出许多辉煌业绩的地方。

王大珩，这位祖国赤子，1936 年毕业于清华大学物理系，1938 年去英国公费留学，获得学位并在英国工作。1948 年毅然回国，开拓祖国的光学事业，从无到有，从小到大，为祖国科研和经济的发展，为我国尖端武器的研制做出了杰出的贡献。

著名的光学专家，知识分子的优秀代表蒋筑英，生前也是在这里工作。令人痛惜的是：他带病出差，因过度劳累引发病情恶化，英年早逝。

2009 年 9 月 14 日，蒋筑英被评为 100 位新中国成立以来感动中国人物之一，让我再讲讲他的故事吧。

1962 年，在南方长大，于北大物理系毕业，会五国外语的蒋筑英说服了要他回上海或杭州工作的母亲，奔赴东北长春，成为当时中国科学院长春光学精密机械研究所著名光学科学家王大珩的第一个研究生。

蒋筑英的质朴、正直、勤奋深得王大珩导师的赏识，1965 年，年仅 26 岁的蒋筑英，在导师的指引和同事的帮助下，建立了中国第一台光学传递函数测量装置，令当时在该领域领先的日本学者大为惊奇。

王大珩说蒋筑英是科学界的雷锋。改革开放后，蒋筑英曾两次出国。1979 年他在德国进修时省吃俭用，用不多的外汇给所里买了一台英文打字机，一部录音机，二十台电子计算器，和一些光学器材。

蒋筑英对待同志像春天般的温暖，对待工作像夏天般的火热。他在生命的最后四天里带病坚持工作，还收拾了新建的实验室，修好了院里破损的柏油路面，甚至还帮同事家里修理下水管道，一位同事因家中有急事，请他代替出差，他也满口答应，不顾自己有病飞到成都。

他忍着病痛，起早贪黑地工作，1982 年 6 月 14 日深夜因病倒被送进医院，6 月 15 日下午，终因病情恶化，不幸逝世于成都，年仅 43 岁。

当时正在北京开会的王大珩，听说爱徒去世，电话从他手上滑落，眼泪从他脸上流了下来。他对记者谈起蒋筑英时仍然很悲痛，又好像是在对蒋筑英说：“你有病为什么要瞒着大家？

为什么不及早治疗？为什么还要带病出差？”王大珩对记者说：“现在全国都学蒋筑英，有一点我希望不要学习他，他太不顾惜自己的身体了。”“当然，我能理解蒋筑英为什么不肯看病，太浪费时间了，看病难啊！”

蒋筑英逝世后，被追认为中国共产党党员，并被追授模范共产党员称号，国务院追授他为全国劳动模范，蒋筑英短暂而光辉的一生，给人们留下了宝贵的精神财富。聂荣臻元帅称他是“知识分子的优秀代表”。

是的，蒋筑英的动人事迹和优秀品质，是那一代知识分子的缩影和真实写照。

我有两位老朋友，他们都是该所的科研人员。人虽已是耄耋之年，但他们仍关心光机所的发展。提起过去的岁月，他们说,他们都是常年加班加点地工作的。虽然没有人要求他们加班，但国家在等着，国防在迫切地需要他们出成果。西方国家对我们封锁，我们必须自己研制。研究项目一个接一个。

科研人员加班，所里领导也加班。每天晚上 10 点多钟，研究所的书记和厨师，就提着一桶白菜汤，拿着一些馒头，敲开每一个研究室的门，给科研人员送上一碗热菜汤和馒头，令他们很感动。

半夜 12 点钟，王大珩所长就来到研究楼，对还在加班的人下硬命令：“赶快下班回家，明天还要上班呢。”

所里当时唯一的一辆面包车已停在院里，等人坐满后就送大家回家，之后车再返回接送剩下的人。

光机所的领导和科研人员，就是这样齐心协力，拼搏攻坚几十年，默默无闻地为共和国大厦的建设奠定着基石，为祖国跻身世界强国雪中送炭，锦上添花。

站在光机所旧址大门前，凝望门里那座大楼，大楼的上面已是霓虹字标“盛京银行”和“长发集团”，看不出原来单位的一点儿痕迹了。但作为新中国第一代知识分子的科研人员，他们所创立的丰功伟绩已永远载入共和国的辉煌史册，他们的伟大精神熠熠生辉，激励着一代又一代的知识分子以及每一个被他们感动的人献身科学，报效祖国。

此时我想起了两弹元勋邓稼先，他放弃国外优越条件毅然回国，接受重任搞核弹，他率队出征没有人烟的西北戈壁滩，攻坚克难，团结奋斗，核弹终于研制成功。

他坚持危险工作亲自上阵，当同志们劝阻他，他竟以院长权威下命令：“你们不能去，你们还年轻！”因多次遭受核辐射冲击，他已到了癌症晚期，被强迫住进了医院。妻子知道后失声痛哭，他却安慰妻子说：“我就知道会有这么一天，但我从没后悔过。”

邓稼先生命进入倒计时，他仍忍痛不停地工作，他向中央提交了一份关于中国核事业发展的建议书，他临终前叮嘱说：“不要让人家把我们落得太远……”

共和国卫士，人民的好儿子，两弹元勋邓稼先啊，祖国和人民永远铭记着你！

我想起了用生命托起祖国战机的航空英模，中国歼 -15 飞机研制现场总指挥，中航工业沈阳飞机工业（集团）有限公司董事长、总经理罗阳烈士。歼 -15 舰载机成功起飞，罗阳却因劳累过度突发心肌梗死，牺牲在工作岗位上，年仅 51 岁。

我想起了放弃海外高薪回国，刻苦创新，填补了多项国内技术空白，无私忘我地工作到最后一息，年仅 58 岁就逝世的著名地球物理学家黄大年。

我想起了辞去国外高薪回国，人称“中国天眼之父”的时代楷模，500 米口径球面射电望远镜工程总工程师兼首席科学家南仁东院士。“天眼”梦圆，他却永远地闭上了双眼！

我想起了郭永怀院士。这位 1956 年从美国毅然回到祖国，在“两弹一星”研制中做出了重大贡献的科学家,是“两弹一星”元勋中唯一的烈士。为了那团升腾的蘑菇云，他拼死保住了绝密文件。

1968 年 12 月 5 日，一架飞机从首都机场将要着陆时突然失事，现场惨不忍睹。人们发现两具烧焦的尸体紧紧抱在一起，当人们用力才把两具尸体分开时，都惊呆了：在两具尸体的胸部中间有一个皮质的公文包，虽然有点烧焦，但依然完整，原来里面装的是一份有关核导弹试验数据和绝密文件。这两个人就是郭永怀和他的警卫穆方东。看到这个场景，在场人员忍不住痛哭。

这些“民族的脊梁”“国家的精英”，像一颗颗彗星，在灿烂的时候陨落，怎不叫人扼腕痛惜！

在实现中华民族伟大复兴的事业中，有千千万万个像王大珩、蒋筑英、邓稼先、罗阳、黄大年、南仁东，郭永怀那样优秀的奋斗者还埋头苦干在工作岗位上。正是他们爱国爱民的使命责任感，忘我奉献的高尚情操，精益求精的科学精神，刻苦攻坚的拼搏斗志，才使我国的科学事业和国防建设在较短时间内赶超世界先进水平，带来祖国各项事业的蒸蒸日上。我仰慕他们，向他们致以崇高的敬礼！希望他们在百忙之中保重自己的身体。

在爱里，在情里
痛苦幸福我呼唤着你……

纵然是扑倒在地
一颗心依然举着你
晨曦中你拔地而起
我就在你的形象里

我为建设祖国，保卫祖国，默默奉献的奋斗者们唱响《共和国之恋》，衷心祝愿我心目中的英雄们一生平安！

英烈们是不应被忘记的

2018年3月26日，我乘车前往沈阳市皇姑区金山路50号抗美援朝烈士陵园。

因清明节有集体祭扫活动，个人活动不方便，所以我在清明节即将来临之际，独自一人来到这里祭扫烈士墓。

天空很晴朗，烈士陵园广场上烈士纪念碑高高矗立着，庄严雄伟。碑身的正面镌刻着董必武同志的亲笔题词：“抗美援朝烈士英灵永垂不朽”。

纪念碑的顶端是铜铸的中朝两国国旗，旗下是手握冲锋枪的志愿军战士铜像。他那正气凛然的英雄气概令人肃然起敬。

纪念碑底部的卧碑上面镶嵌着花环。花环的两侧刻着“1950—1953”字样，标志着中国人民志愿军从出国作战到美国被迫在朝鲜的板门店签订停战协议的时间。

卧碑下部是郭沫若同志为抗美援朝烈士题诗：“煌煌烈士尽功臣，不灭光辉不朽身。鸭绿江南花胜锦，北陵园畔草成茵。英雄气魄垂千古，国际精神召万民。峻极高山齐仰止，誓将纸虎化为尘。”

我向纪念碑献上鲜花，把被风吹散的花拾到一起。这时一位陵园的工作人员走过来说风太大，一会儿就又刮跑了。我向他建议用胶条把花束粘在一起，再粘在祭台上。

之后我向纪念碑鞠躬、默哀……

纪念碑的两侧安葬着留有英名的123位志愿军烈士。纪念碑正后方的烈士纪念广场，安葬着由韩国返回的无名志愿军烈士遗骸。

每座烈士墓都是用水泥砌成丘状，留有姓名的烈士墓碑上刻有烈士的英名，碑后面刻有英雄事迹。

我向纪念碑东侧走去，东侧是烈士墓群，第一排就是我们这一辈人都非常熟悉和敬仰的杨根思、黄继光、邱少云、孙占元、杨连弟等志愿军烈士墓。

肃立在烈士墓前，我的心情是沉重的、悲哀的，我的脑海里闪现着上甘岭那场惨烈的激战。

主动申请担任爆破任务的黄继光，在身负重伤后，仍向敌人火力点爬去，在手雷用完后，他奋力扑上去，用胸膛堵住了正在射击的最后一个机枪眼，我军的反击部队趁势攻上了山头，取得了战斗的胜利。英雄的壮举，永远受到人们的敬仰和缅怀。

肃立在邱少云烈士墓前，我心中不禁阵阵酸楚。

烈士的名誉曾遭人贬损，烈士的胞弟邱少华，为维护哥哥的烈士名誉权，于2015年6月23日把对方告上了法庭。

2016年9月20日，北京市大兴区人民法院终于对此案做出了正义的审判。

此时，86岁的邱少华老人已住进了医院。他对被告愤怒不已，身心受到极大摧残。老人天天盼望，终于盼来了胜诉的结果。

2016年10月20日，在得知打赢官司后仅一个月，他老人家就逝世了。

凝望邱少云烈士墓，我想，邱少华老人的在天之灵是和哥哥在一起的吧。

邱少云烈士的英雄事迹，我们在小学课本里就学过。烈士是在战斗打响之前，潜伏在蒿草中，被敌人盲目发射的一颗燃烧弹烧着了插在他身上的野草。他咬紧牙关，忍受着难以想象的痛苦，把两只手深深插入泥里，把燃烧着的身体紧紧贴在地上，一直到牺牲时也没动一下，因为他知道，他如果暴露了，潜伏部队就会遭到毁灭性打击，整个战斗就会失败。

烈士壮举惊天地、泣鬼神，人们永远缅怀他，想想他在烈火中忍受着怎样的痛苦，那痛也疼在我们心上。

英烈们已长眠于地下半个多世纪，他们为保卫祖国不怕牺牲，但他们怕被遗忘，怕被曲解，怕被贬损，怕鲜血白流。

邱少华老人不顾耄耋之年，维护烈士名誉权，直到生命最后的日子。

是的，英烈们战死疆场，已不能亲自讲述当年血与火的真相。后人乘凉的我们有责任为英雄正名，还原历史，还英雄应有的崇高和荣光，爱国和正义是人心所向。

祭谒烈士陵墓，仰望万里云天，我默默用心声告慰他们的在天之灵："我们永远怀念你们。人们是热爱英雄的，被告已道歉了，你们安息吧！"

陵园里一排排的烈士墓，我依次看着，这里有副军长、参谋长等95位团职以上干部，有黄继光、邱少云等28位战斗英雄，还有无名烈士。（据陵园工作人员说是569位，并且说以后还会有被运回的烈士遗骸。）

排列整齐的烈士墓，四季常青的松树也成行地站立其间，在春风中摇曳细语着，像是烈士们的英灵在述说。

我久久地肃立着，倾听着，好像我面前是一支步伐整齐、无坚不摧的部队……

陵园广场西侧设有抗美援朝纪念馆。因为修整扩建，没有开馆。

陵园里坐落着一组英雄壮烈牺牲辉煌瞬间的雕像，还坐落着一组志愿军战士高举战旗，奋勇杀敌气壮山河的群雕。

每年清明节或重大纪念日，前来谒陵者络绎不绝。去年我随群众团体来参加祭扫烈士墓活动，场面很壮观。有抗美援朝老战士讲话，有群众大合唱《英雄赞歌》……人如海，歌如潮。

在蓝天白云下，在军乐队的伴奏下，我们高唱：

烽烟滚滚唱英雄
…………
为什么战旗美如画？
英雄的鲜血染红了它
为什么大地春常在
英雄的生命开鲜花！

歌声响彻陵园上空。为国捐躯的英烈们啊！你们听到了吗？幸福生活的我们每年都会来这里，不让你们太寂寞。你们已流尽了鲜血，不能让你们再流泪。我们要维护好你们的名誉和崇高，这也是每一个有良知的人都能做到的事儿……我在纪念碑广场上伫立着、默想着。

许久，我告别了庄严肃穆的烈士陵园。

2018 年 3 月

落叶对根的挚爱

我徜徉在秋天的林荫道上，凝望着满地铺就的落叶。

那片片落叶静美地依偎在大地的怀抱里，向人们微笑着，留下它们最后的风采。

树叶，从翠绿、深绿到泛黄，最后叶落归根，完成了它的一个轮回。当然，少量不同的树种，颜色有所不同。

我对绿色、对绿叶、对落叶有着一种不舍的情感。

轻轻地走着，眼望着从树上随风飘下的落叶，我的心泛起层层涟漪。思绪飞到了东北那个高寒半山区的小山村。

我是在东北城市长大的。1968 年，我响应毛主席“知识青年到农村去”的号召，去农村插队，成为知青。

从来没有到过农村的我，开始了和土地连在一起的生活。

东北的冬天，大地一片雪白。集体户新建的茅草房，四壁全是白霜，牙刷冻在牙缸里，寒冷就不用说了。我们的口粮够吃，就是没有菜。园子里种的蔬菜吃光了，就吃咸菜、大酱，咸菜、大酱吃没了，就吃玉米面饼子蘸盐水。那时我们盼啊盼，只盼冬季快点过去，天气快点暖和起来，大地早点变绿……

东北的冬天太漫长了，春天更是姗姗来迟。好不容易盼到“清明忙种麦，谷雨种大田”的节气，也就是阳历四五月时，大地上有野菜冒头了。我们利用干活中间休息的时间，钻到树丛里、野地里找野菜挖。一开始，野菜又少又小，况且社员也都在挖野菜，我们每人只能挖到十来棵，有蒲公英、荠荠菜等。

中午收工回到集体户，我们十几个人把野菜交给大师傅。大师傅把野菜洗净后，放进烧好的一锅沸水里，这就算有菜吃了。

也许是农村生活的烙印吧，每到春天，当我第一次发现地里有野菜，大地发新绿时，心里总是很欢喜。

绿叶虽然其貌不扬，但它的出现意味着大地回春了。

我爱绿叶，鲜花盛开是因为有绿叶为其汲取营养，进行光合作用。但绿叶从不介意人们把赞美都送给了鲜花。

绿叶给严冬后的人们带来希望。然而落叶，往往让人感伤。以前当我看到秋风扫落叶时的情景，凄凉的感觉常常涌上心头。

但是后来，这种情感起了变化。

一个偶然，我在一篇文章里得知，树叶在秋天落下，是为了保留大树的水分，是为了让大树安全度过干燥严寒的冬天。我看罢不禁眼前一亮，啊！原来落叶是为了让大树更有生命力！我的心被感动了，为了大树的生存，树叶虽然不舍，但还是一转身二回头地离开了母体……

我不由得想起了那些为国捐躯的英烈；那些危难时刻挺身而出，舍生忘死的勇士；那些鞠躬尽瘁，工作到最后一息的英雄。

落叶对根的挚爱，赤子对祖国的情怀。多么深刻的启迪，多么庄严的呼唤！

我欣赏秋天的落叶，倾听它对我的叮嘱。

秋天里，我常去母校辽宁大学，走在一排排的银杏树中间，任凭落叶缤纷，飞到我的身上、头上。

我也曾到过北京去欣赏香山红叶，写下这样一首小诗：

赞枫叶

晚秋枫叶赛红花，
深吻大地飞彩霞。
久经风刀霜剑砺，
轮回泥土待芳华。

正如一片红叶，我已走进人生的秋天。
秋天是收获的季节，人生的秋天也是如此。
我愿像深秋的枫叶那样“修成正果”。
我要在这金色秋天里辛勤劳作，让丰收的果实颗粒归仓。

2016 年 10 月

冬

太好了，终于下雪了。

早晨我拉开窗帘，看到了外面是一片雪白的世界，不由得心生惊喜，要知道此时已是小寒时节，可才盼来沈阳的第一场雪。

雪花还在漫天飞舞着，公路上汽车像蜗牛一样缓慢开着，行人小心翼翼地走着。这样的天气，我也只能待在家里了。向窗外望去，一排排落满雪的松树枝上像一簇簇银菊绽放。我立刻被它们吸引住了，不禁想起了故乡的冬天：在这个时候，松花江两岸该是挂满雾凇了吧。

在我的故乡吉林市，有许多美好的回忆，而最使我陶醉怀想的是故乡的冬天里，松花江十里长堤上那仙境般的银装世界，那玉树琼花的吉林雾凇。

美丽的江城，以它得天独厚的地理人文环境，受到了大自然的青睐。在冬天，那里有天下闻名的与桂林山水、云南石林、长江三峡统称为四大奇观的吉林雾凇。

雾凇俗称“树挂”，它不是雪，也不是水，而是树枝上挂的霜。虽然其他地方也有，但以吉林雾凇最为壮观。

这是因为穿城而过的松花江，其十几千米以外的松花江上游是丰满发电厂水库大坝，把江水拦腰截住，从而形成了一个很大的人工湖——松花湖。湖水通过电站水轮机组发挥完它的作用后，水温就有所上升。升温的江水顺流而下，因此在冬天里江水也不封冻。江水遇到冷空气形成江雾和岸上的树木相遇，就凝结成了层层霜花，形成了玲珑剔透的雾凇景观。春节前后，是雾凇出现最多的时间。

我的母校吉林毓文中学，就在松花江的岸边，江的上游就是从丰满发电厂方向流下来的江水。

在母校的那几年，我曾在校住宿。一早一晚或假日里，有时在江边看书、锻炼身体。这使我有幸饱览江畔一年四季的美丽风光。

在冬天有雾的天气里，站在江边赏景。天地之间，一片洁白晶莹，碧波奔涌的江面，雾霭茫茫，沿江的长堤，道路两旁的杨柳树枝条琼花盛开，松树的枝头犹如银色的珊瑚礁，就连地面上、石头上都挂着白霜，像是一个充满梦幻的童话世界。在这样的仙境里，人们的衣帽、头发、睫毛、围巾都挂着霜花。

早晨上学，走读的同学一进教室就急忙取下围巾、帽子，打扫身上的白霜。我们住宿生，一边上早自习，一边不时地抬起头来，饶有兴趣地看着走进教室的“白雪公主”“白马王子”。骑自行车沿着江边公路来校的同学，身上的白霜更多。

回忆起青少年时，在江畔母校度过的那些快乐时光以及欣赏过的雾凇美景，还是让人那么陶醉，那么亲切。

说起冬天，最令我难忘的是我下乡插队时，在东北那个高寒半山区的小山村度过的八个冬天。

那里的冬天，山川大地一片皑皑白雪，我们有时上山干活打柴都得打绑腿，女生也得戴上棉帽子和围巾，不然寒冷的天气会把脑门儿冻麻木的。在那里，呼出的热气立刻变成了一缕缕的白雾，在眉毛和鬓发上凝成了白霜。

走在山里，寂静的冰雪世界只有林涛的萧萧声。冬日下，披着银装的白桦林和松树林挺拔而俊美。令人惊奇的是，有的白桦林的树顶上还长着一大束绿色的冻青。北国风光真是如诗如画啊！

刚来的第一年冬天，生产队为给我们集体户盖房子上山伐木，随着“顺山倒”的喊声，大树在人们的视线中慢慢倒下来，响声在山谷回荡着，人们把树枝砍下来，堆在一起留作烧柴，把树干放在一起，做盖房的木材。

冬天生产队主要的活是刨粪、刨腐殖土，再把它们运到地里，以备春耕。

冬天夜长天短，这使我多了一些看书的时间。那里是穷乡僻壤，看到人们缺医少药，我就学会了针灸和注射，利用业余时间给人们解除点病痛。

一个下放干部的小孩得了肺炎，医生说他治不了，让去公社卫生院治疗。可那是寒冬的晚上，离医院太远，又没车，小孩的父亲不在家，家里还有两个不大的孩子，孩子妈妈无法去医院，坐在大队卫生所抱着孩子哭。我这时正好从患者家里出来路过这里，身上还带着针灸针和注射器。在这种无奈的情况下，我只好壮着胆子想办法。我对孩子母亲说我可以用针灸和给孩子注射青霉素油的办法来治一治（因为当时大队卫生所没有青霉素，只有青霉素油。现在看不到这种药了），她立刻同意了，买了药抱着孩子，我就和她一起去她家了。

到了她家，我给孩子针灸注射完，过了一个多小时之后，孩子的烧退了一些。第二天我又起早去她家，连续治疗一周左右，孩子的病基本好了。我和她也熟悉了，我叫她张姐。

我看到她家有许多书，就向她借书看，她很信任我，让我随便看，我看完一本就去还，然后再借一本。《简·爱》《怎么办》《钢铁是怎样炼成的》等书，都是在那个时候看的，这些书太宝贵了，我做了笔记。由于白天抡大镐刨粪震得手发颤，到了晚上还握不稳笔，字写得很难看，但“好记性不如烂笔头”啊！

我真庆幸在那样的冬天里，遇到了这样给我雪中送炭的贵人。

我现在居住的沈阳，冬天也很惬意。它既有北国风光的特色，又不像吉林那样寒冷。这里的人们热爱生活，热爱艺术。在这里你可以找到你爱好的艺术和群体。

随着人们的生活水平不断提高，也凭个人的喜爱，这里的退休人群中，有的人到了冬天就去海南过冬，我也去过一次。

那是 2015 年春节前，我们一家三代人去了海南三亚。一下飞机，从冷地方来的我们，立刻感到热风拂面。我对海南并不陌生，因为我在那里工作过。但此时看到繁花绿树，风光旖旎，也格外心旷神怡。

海南的冬天就跟东北的春天一样，或者说海南没有冬天。

刚去的那几天，海南的雨较多，天气据说比往年冷，海南的朋友风趣地说，是东北人来得太多，把寒冷也打包带来了。

大海和沙滩是令人向往的。我的孙子孙女在海滩上玩得很开心，大人带着他们在海边追逐着浪花，快乐地嬉笑喧闹着。

每次见到大海，我都感到无比温暖、亲切和感动，就像见到了久别重逢的母亲，见到了知心朋友。我倾听它的涛声，那是它与我的和弦。我受到它的启迪，把它的叮嘱记在心里……

海滩上家人的说笑声，把我的思绪从远方拉回眼前。我走到孙子孙女中间，和他们玩了起来。我觉得自己也成了孩子。

傍晚天气好的时候，海南的朋友和我们一起去海边散步。

记得一个海浪细语的晚上，我们散步在茫茫的海滩，无垠的夜空星光闪烁，如美丽的钻石一般。

大海的远处有一排点点灯火，和夜空中的繁星相辉映，海南的朋友说，那是渔船上的灯光。渔船晚上都停泊在那个地方，天一亮他们就出海。渔民终日在海上捕鱼，一个多月才上岸一次，想想他们，我们真享福。

我们在海边走着，海浪柔软地爬到脚边，大家谈笑风生，神采飞扬，从南方说到北方。

是啊，东北现在还是千里冰封，南方却是到处鸟语花香。我们快乐地南来北往，就像候鸟一样。

春节过后不久，我们回到了东北的家园。海南的冬天又成了美好的回忆。

窗外的雪停了，太阳出来了，我望着外面晶莹闪烁的银白世界，心里一片温馨。回想走过的岁月流年，回望生活过的南方北方，那一幕幕都留在了我心里。南疆北国的冬天各具特色。祖国的锦绣河山都是那么让人眷恋。

细想人生，也如这一年四季。即使在冬季，许多时候也是美好的。把磨难变成财富，把苦水酿成美酒，你就站在了人生境界的最高处。

我们在稠人广众之中，既要和谐地生活，又要履行自己的人生职责，要对自己的美好情愫执着坚守，不要让它被凡尘蒙住，就像冬天的江水，即使冰封江面，江水也在冰下流动，冬天到了，春天就不会远；心中有爱，四季如春。

2017年12月

聚是一团火，散是满天星

——参加雷锋精神研讨会随笔

2015 年 12 月 3 日，我很荣幸地出席了辽宁省雷锋研究会主持召开的“弘扬雷锋精神，传承中华优秀传统文化研究会”。

我去得较早，雷锋生前战友薛三元，这位年近八旬的老人也来到了会场。我很高兴，和他老人家交谈起来。薛老是雷锋入伍时的班长。雷锋当班长后，他是排长。我们刚谈不久，大会工作人员引领两位年轻姑娘来到了薛老面前。说明来意之后，她们就坐下了。原来她们是沈阳师范大学研究生，今天到这里来，是按照老师的要求上好这堂学雷锋的课，很想听听薛老讲雷锋的故事。

薛老略微沉思了一会儿，慈祥地看着我们，讲起了他和雷锋朝夕相处的日子里雷锋的感人故事：

“雷锋是个孤儿，他的亲人都被旧社会夺去了生命。是党救了他，他感恩报恩，样样工作都走在前面。到部队半年就入党了，新兵一般来说都是要考验一年的。雷锋活着的时候就是我们的榜样，他被评为五好战士，节约标兵……”薛老说到这儿，看看那两位学生。她们的眼神里好像有些疑惑。薛老说：“雷锋是战士，他这些事是很平常，但他始终坚持做。你们还不了解那个年代。

“那时国家正处在非常困难的时期。毛主席穿的衬衣、袖口都补着补丁，当时号召勤俭节约是非常必要的。雷锋这方面做得也很突出。他对战友也非常好，谁有困难就帮谁。战友家生活困难他就给寄钱去。他把连队当成家，把我们当成他的亲人。雷锋多次立功受奖，多次被评为红旗手标兵、先进生产工作者、模范共青团员。他还被选为抚顺市人民代表。

“雷锋那时就是我们学习的典型。并不是像现在有些人说的，是雷锋去世后对他肆意夸大编出来的。其实雷锋在牺牲前两年，就是我们全军区学习的榜样了。全国学雷锋学了 52 年，而我们部队学雷锋学了 54 年……”这时会议开始了，我们不得不停止交谈。

大会的序曲是令人陶醉的十几名少年儿童怀抱琵琶弹奏和国学诗文朗诵。

接着是辽宁省雷锋研究会秘书长张仲国贯通古今、醒人耳目的开篇讲话。他阐述了雷锋精神的实质是爱党爱国爱人民，全心全意为人民服务。雷锋精神代表着社会的道德理想，体现着民族的精神追求，是中华民族优秀传统的继承和发扬，是社会主义核心价值观的生动体现。他还对如何坚持学习雷锋常态化谈了自己的真知灼见。

会上薛老做了简短的发言。他说，学雷锋就要像雷锋那样，自己活着是为了使别人过得更美好，要做一个对社会、对人民有用的人。

雷锋做的事看起来都是小事，但雷锋不以善小而不为。正是在这些平凡的小事上，表现了雷锋一心为人民的共产党员的优秀品质和我们中华民族向善向上的传统美德。雷锋人人可学，他永远是我们学习的榜样。

和薛老交谈的一位青年学生也发了言。她说，这堂课对他们来说太有必要了。因为对以前的年代不了解，对学雷锋也理解得不深，今天受益匪浅……

雷锋辅导过的学生陈雅娟出席了会议并讲话。她就是我们这一代人都熟悉的一张照片里的那个小姑娘：小姑娘甜甜地微笑着正和雷锋叔叔一起看《解放军画报》。

当年的红领巾，如今已年近七旬。雷锋牺牲后，她流着泪发誓要做像雷锋那样的人，她参军入伍，后来转业地方，无论做什么，她始终坚持全心全意为人民服务。走访贫困户，帮助失学儿童，帮助有困难的人。

烈属张士霞老人，雷锋生前一直照顾着她，认她当干妈。雷锋牺牲后，老人非常伤心，陈雅娟得知后，便义无反顾地接过雷锋的班，继续照顾这位老人。

最让陈雅娟难忘的事是1998年她与92岁的张士霞老人一起参加中央电视台《实话实说》节目录制的情景。说起和雷锋在一起的日子，张士霞老人滔滔不绝。

陈雅娟还陪老人去了天安门。那天毛主席纪念馆不开馆，望着天安门城楼上的毛主席像，大娘含着眼泪说：“雷锋呀，你的梦我替你圆了！”

半个多世纪以来，陈雅娟学雷锋、讲雷锋、做雷锋，在人生路上走出了一条闪光的足迹。

原雷锋团团长孙启华也在大会上发言。雷锋生前所在连队半个多世纪坚持学雷锋。转业到地方后，无论在工作岗位上还是在社会上，都是“不管东西南北风，始终坚持学雷锋”。雷锋团播撒的雷锋精神的种子遍布全国各地。

各具特色的学雷锋典型人物也陆续发言。他们在学校、工厂、机关带头学雷锋，单位风气正、人心齐。

接着是到会者主动发言。许多人都是部队转业的，他们坐如钟，站如松，说话像洪钟，给人以力量。我也忍不住上台发言,点赞《中华雷锋号》微刊主编团队。他们在繁忙工作的同时，业余奉献编撰微刊。每天一期，每期都有多篇精品文章，发至三十多个雷锋号团队，给人带来精神盛宴。

会议休息期间，人们还相互交流探讨着。我们认为在挖掘雷锋精神的内涵上，在抢救雷锋资源上做了大量的工作，还应在如何扩大学雷锋的外延上，把雷锋精神落实到更广阔的实际中。

大会最后由沈阳市雷锋精神研究会副会长曲静做总结发言。他那富有感染力的话语又一次激起大家高涨的情绪和热烈的掌声。窗外虽然是冰封雪飘，可我们心里如同一团火。是的，我们雷锋人有颗火热的心。聚是一团火，散是满天星。我们将在各自的星座上发挥我们的光和热，温暖带动更多的人。

大会最后一项是我们共同高唱《学习雷锋好榜样》。

会议虽然宣布结束了，人们还不愿离去，相互交谈着……

2015 年 12 月

难忘沂源

2015 年 8 月 7 日下午，我们参加全国首届“七夕 · 华原杯”爱情作品大奖赛颁奖典礼暨采风笔会的文朋诗友们，在游览了鲁山溶洞之后，又乘车来到了沂源的牛郎织女风景区。

这里传说是牛郎织女爱情神话故事的发源地，这一点就足以吸引我们的好奇心了。

大家下了车，边走边四下环顾。

天刚下完雨，空气清新而湿润。道路两边不远处，郁郁葱葱的高山雄伟陡峭。听着潺潺的流水声我们往前走着，看到了一股清泉从山上流淌下来。“明月松间照，清泉石上流。”我想这里的夜晚景色一定更美。

真是人间仙境啊！难怪牛郎织女住在这个地方。我和朋友们边走边谈笑着。

织女洞位于大贤山东北麓，是利用一个山洞建成的。踩着陡峭的台阶，我们走了进去。洞里有两座雕像，中间是隔开的。右边的一座是王母娘娘雕像。她坐姿威严，富态的脸上流露着霸气。

左边是织女雕像。她善良美丽的脸上，笼罩着无奈和忧伤。

传说王母娘娘令织女不停地织云锦以示惩罚。织女心灵手巧，织出了美丽的彩锦和云衣，也叫天衣。所以七夕情侣节也叫乞巧节。每年这一天，姑娘们向织女乞赐传授巧技，求得如意郎君。

织女洞里有一扇天窗，站在天窗前向外眺望，只见山峦起伏连绵，峰峦叠翠。白纱一般柔曼的薄雾缭绕在山腰之间，好像织女织就的美丽云衣，好似织女飘逸的裙裾。

俯瞰地面，有点发晕，真觉得自己像在天宫。

遥望远方琼阁般的云雾群山，我想织女可能就是从我站的这个地方飘然飞向那边的夜空与牛郎相逢的吧。

七夕即将来临，牛郎、织女和孩子们多么盼望这一天啊！连日来每天都有雨，那是牛郎织女的相思泪吧，是孩子和娘的思念泪吧。此时我心中不禁无限感慨，这虽是神话故事，但它反映的是当时社会的一个现实。封建礼教造成许多人的婚姻悲剧，毁掉了多少有情人的幸福。追求忠贞不渝的爱情，一直是千百年来人们所赞颂的。令人宽慰的是，这个神话故事不只是一个结尾，还有这样的后续传说呢：

织女被抓回天宫后，整天闷闷不乐，思念牛郎和孩子，牛郎携儿女度日，愁苦难言。孩子也哭着要找娘亲。玉皇大帝喜欢外孙,就听任他们来来往往。王母娘娘也放松了对织女的监管，两家关系慢慢融洽起来。

我喜欢这个结局。想到这些我的心情轻松了。

从织女洞出来，走在山路上，旖旎风光映入我的眼帘。我想起了上午参加的在该风景区举行的以“好客山东，爱在沂源”为主题的第九届中国（沂源）七夕情侣节开幕式的情景。

在开幕式上，十对新人举行了集体婚礼，在亲朋好友、众多游客的见证下，他们共同进行了“爱情宣言”，向人们表达他们忠贞、责任、纯朴、白头偕老的爱情观。

七对走过半个世纪，相濡以沫的老人也牵手走上了红地毯，讲述他们相爱永远的感人故事，赢得人们热烈的掌声和衷心的祝福。爱情圣地沂源沉浸在温馨的爱的海洋里。

这里的人们热爱生活、热爱家庭、热爱家乡，对游人友好。

这里举行的一年一度的中国（沂源）七夕情侣节，已成为沂源独具特色的爱情文化资源品牌，成为闻名全国、走向世界的亮丽名片，给人们带来高雅的文化艺术享受和知识的积淀。

因为大雨刚过，路很滑，导游没带我们去牛郎庙。

下山的路上，遇到了卖鲜桃的果农夫妇。他们热心地让我们品尝桃子。说是刚刚摘下的，又甜又脆又便宜。不少人都买了桃子，我也买了几斤。我们顺利地回到了住所。

晚上，大奖赛组委会举行了别开生面的告别晚宴。

大奖赛评审委员会领导做了热情洋溢的讲话，几位著名书法家现场挥毫泼墨，每一幅字画都具有收藏价值。

朋友们陆续地演出了精彩节目，大家一阵阵喝彩，热烈的掌声不断。

这是在沂源的最后一个晚上，大家虽然初次相识，但此时已如老朋友一般。因为诗歌，因为文学艺术，我们有缘走到了一起。

我们感谢沂源。因为沂源有七夕鹊桥，让牛郎织女得以相逢，也吸引了我们不远千里而来。

我们感谢七夕爱情作品大奖赛组委会，让我们来到了这片爱情圣地，给予我们很高的荣誉和鼓励；也为我们文朋诗友搭建了一个现代化的“鹊桥”，让我们在这美好爱情的发源地，收获了满满的友情。

我们在来的第一天，就建了微信群，现代化“鹊桥”让我们联系起来非常方便，牛郎织女知道了也一定想加入的。我们在晚会上说笑着，交流着写作经验，增进了相互的了解。

明天我们就要各奔他乡，有的朋友还要继续在山东旅游。可惜我这次没时间旅游，不然我也会和他们一起走。山东有孔子故乡，有“会当凌绝顶，一览众山小”的泰山……这是每个中国人都想去的地方。我以后一定会去的。

再见了！组委会老师，我们将把荣誉变成动力，笔耕不辍，为祖国为人民唱出更美更多的歌。

再见了！朋友们，我们相聚虽然短暂，友谊却珍藏心间。你们的言谈笑语，都是美丽的诗篇！

再见了！美丽的沂源，虽然我们才驻足几天，匆匆掠影，但这里的青山绿水、古迹名胜，这里的爱情神话，这里朴实善良的人们，已给我们留下难忘的印象。

对不起，牛郎织女，我们要走了，在这七夕的前夕，我们将要离开你们的故里。不想打扰你们“柔情似水，佳期如梦”的相逢，我们悄悄地离开这里，满载着情与爱，满载着荣誉与鞭策，满载着在沂源这片人杰地灵的土地上的所见所闻……

2015 年 8 月

中秋节想起雷锋

今天是中秋节。前天辽宁省首届雷锋文化节组委会举行了“欢歌劲舞颂雷锋”优秀节目颁奖大会。好几位雷锋生前好友，学雷锋典型人物也出席了大会。会上人们歌唱雷锋，颂扬雷锋，领导为优秀节目颁奖。我也有幸朗诵了我的原创作品《雷锋：永远的榜样，道德的丰碑》。走下舞台，我回到座位上，望着前面舞台背景屏幕上雷锋那充满阳光的笑脸，心里很激动，雷锋如果能看到今天该多好啊！

这两天，雷锋在我脑海里闪现着，沉重的心情总挥之不去。因为雷锋在他短暂的生命里，最难过的可能就是每年的八月十五中秋节这一天了，这会勾起他悲伤的回忆：在他七岁那年的八月十五中秋节，那个可怕的晚上，他妈妈因被地主迫害悬梁自尽了。成了孤儿的小雷锋,抱着妈妈的双脚哭喊着：“妈妈！妈妈！妈妈呀……”七岁的小雷锋被迫去地主家干活。饥寒交迫，还遭毒打。雷锋手上的刀伤，就是那时地主婆用柴刀砍的。

小雷锋离开了地主的家，他无家可归。古庙遮风，破麻袋片当衣，河水洗泪，野菜充饥。

直到解放了，彭乡长才找到了他。他参加了斗地主，分得了房和地（由他亲戚帮他种田），还免费上了学。

为了报答党，雷锋小学毕业就不念书了。因为他不想让党再为他花钱,他参加了农业生产。从农村到城市,又从城市参军,成为一名解放军战士。

中秋节的晚上,雷锋想到惨死的母亲心情非常悲痛,他想,如果亲人们还活着,看到祖国强盛,人民幸福,看到穿上军装的雷锋,该有多好啊!连队发的月饼雷锋没舍得吃,第二天,他把月饼送给了住院的患者。

雷锋,他把淳朴深厚的感恩报恩情怀,转化为报效祖国,建功军营,全心全意为人民服务的实际行动。苦练基本功,甘当螺丝钉。他赋予“人民”二字以真正的内涵。只要他身边的人有困难,他就热情帮助,正如雷锋在日记里写的:“人的生命是有限的,可是为人民服务是无限的。我要把有限的生命,投入到无限的为人民服务之中去。”

全心全意为人民服务,是雷锋精神的实质、核心,也是我们的人生价值追求。

《雷锋日记》是雷锋留给我们的宝贵精神财富。其中,雷锋对人生价值的哲思,对理想信念的诠释,以及催人奋进的激情,自我约束的谦虚,对美好生活的珍惜,如散文诗一般跃然于纸上。这也是雷锋精神思想的根源所在,是社会主义核心价值观的生动体现、继承和发展。

现在我们处在一个新时代,但是雷锋精神没有过时。并且可以说,我们现在比任何时候更需要雷锋精神,时代呼唤雷锋。

“厚德载物”,今天面对比较丰富的物质生活,如果我们精神文明跟不上去,如果德不能随之厚起来,甚至还不如以前,那就承载不了重物,结果可想而知。

我们要知雷锋,学雷锋,做雷锋一样的人,要像习近平主席教导的那样，广播雷锋精神的种子，让雷锋精神在祖国大地上发扬光大，开花结果。

让我们每个人从自己做起吧！用我们的生命延续雷锋的生命，焕发雷锋闪光美好的青春！

2015 年中秋节

难忘的知青岁月

清晨，我习惯地走到窗前向外面望去，不禁心花怒放：纷纷扬扬的大雪漫天飞舞着，房屋树木都披上了银装。洁白晶莹的雪花，柔柔地落在我的窗子上，仿佛轻声向我问候。我端详着雪花，默默地说："你们好啊，冬天的使者，我们又见面了！"这是沈阳冬天的第一场雪，下得如此壮美。

望着银线绣大地，飞雪飘天际，我的心随着绽放的雪花飞到了一个遥远的地方。那里的雪下得比这里还要大吧，那里是一个小山村——我下乡插队生活了八年的第二故乡。

记得下乡的第一个冬天，一天清晨，我们打不开门，用力推才推开。原来是一尺来厚的大雪封了门。一个同学打着滚出去，压出了一条道。我们边扫雪边说笑，脸冻得像红苹果。

那年春节大年三十晚上，我们和农民一起过"革命化"春节，给他们表演文艺节目。这些节目都是我们利用休息时间编排的，虽不是专业水平，但我们情真意切的歌声和欢乐畅快的舞蹈，吸引了人们，给寂静的山村增添了热闹的气氛，也留下了忍俊不禁的笑谈。

一名同学演出的节目是一段演讲，其题目是《马克思主义的三个里程碑》。他从马克思和恩格斯的《共产党宣言》讲到十月革命的一声炮响，再讲到中国革命和毛泽东思想。幸好讲得不算长，他讲完后全场鸦雀无声，当然也没有掌声。这个同学似乎不甘心于这样的气氛，就走近一个社员向他问道：“老李（此人姓李，大家都叫他老李），我讲得怎么样？”

老李说：“你讲得太好了，讲得我们都听不懂。”他的话引起一阵笑声，这个同学沮丧极了，演出结束待社员离去，他趴在炕上号啕大哭。我们见状忍不住笑，又不敢笑出声来。

大约是初几的日子吧，我们一起回家。当时我们那里还不通公共汽车，如果走大道需要走 78 里地到火车站，如果走山路得翻山越岭，但只有 40 多里地。因为人多壮胆儿，我们大家选择了走山路。

同学们在老乡家里买了些年货，还有老乡送的黏豆包。爬山时，我们背着沉重的包裹，累得气喘吁吁。爬到山顶，我们歇了一会儿，口很渴，我们就找干净的雪坡，拂去上面的一层雪，抓起下面的雪攥成团儿，吃雪解渴。

下乡近半年，一些男生学会了抽烟，这会儿他们卷旱烟抽了起来。看着他们抽烟，一个女生就说：“抽烟是堕落的开始。”

这个男生看了她一眼，指着山下说：“你不抽烟，一会儿不也得堕落吗？”

大家的笑声不时在冰雪世界响起。

在农村，我们知青和农民一样，起早贪黑，挥汗如雨，干什么活都不甘落后。

那时农活的辛苦是现在的人想象不到的。春天夜短天长，春耕时我们还要披星戴月从家走，天放亮就得到地头，晚上看不见才收工。一天就睡几小时，累得腰酸腿疼，有时难受得睡不着觉。

春天育稻苗、插秧苦不堪言，我们插秧都是光脚（那时还没有插秧穿的靴子）。生产队劳力少，插秧也得起大早，农时不可违呀！东北春天乍暖还寒，稻田里水冰冰凉，我们冷得脚抽筋儿，牙打战，实在受不了了，就跑到田埂上蹦一蹦，盼望太阳快出来。

插秧之后就是除草。腰累得直不起来，也得咬牙干，怕落在后面。

我们生产队水田、旱田都有，说起春天“刨茬子”更是拼体力的活（茬子就是庄稼收割后，剩在地里的那部分）。得一镐刨下一个玉米茬子，一溜风似的边走边刨。

集体户同学很团结，从春耕、夏锄到秋收，干活有一个习惯，先干到地头的同学，转过身来就帮还没到地头的同学干。这叫“接垄”。大家都使劲往前干，谁也不想让同学接垄，因为都很累呀！

有一年下大雪，待收割的稻子被雪压倒在地里。我们从雪地里往外抠着割稻子，我的手被镰刀割了一个口子，正好是在左手背的中指骨节处。捆稻子时手一使劲，伤口就裂开，所以不见好。每捆一捆稻子，我都得忍着疼痛。我用膝盖压着稻子捆，几条裤子的膝盖处都磨开了花。

干活歇气儿时社员闫大叔看了我的手说都感染了。他到稻田地旁的草丛里，找到了一个比栗子稍大一点儿的小包包。他说：“上了这个就会好，这叫马粪包。”他把小包包撕开一个口，里面是褐色的粉末。闫大叔把粉末倒在我手的伤口上，包扎好，让我把剩余的马粪包保管好，继续用。我手上的伤口果然慢慢愈合了。后来我才知道，马粪包就是中草药里的马兜铃。

闫大叔，我们知青的好大叔！

割完水田就割旱田。粗硬的玉米秸秆、谷秆，我割一会儿镰刀刃就钝了。刀不快全凭力气拽，体力透支可想而知。晚上收工时我们往家走的力气都没有了，社员跟我们开玩笑说：“晚上拽猫尾巴上炕吧！”

我们生产队劳动力少、牛马少，运力不足，农忙时就得人扛肩担。春耕时，往地里挑粪肥，秋收后往生产队场院背稻子。重量都不轻，况且“路远没轻载”。肩膀压肿了，第二天再挑担，得忍着疼继续挑。我用两个肩膀换着挑，开始很别扭，后来习惯了。

大队有一台拖拉机，可生产队从不轻易使用。社员们说，用拖拉机一小时要花四十多元钱，加大开支费用，年底分红更没指望了。唉！生产队连“牛马化”都化不上,更别提机械化了。

现在看到大面积农田使用机械化，我是多么高兴啊！这正是我们当年梦寐以求的。

小山村冬季的夜晚是漫长的，这也是我们抓紧时间学习的好季节。我们集体户的学习气氛很浓，我们女生每个人都有要看的书，有时也交换着看。集体户每周至少有一次晚饭后集中学习的时间。《为人民服务》《纪念白求恩》《愚公移山》“老三篇”我们已烂熟于心。同学们也热烈讨论,寻找理想变为现实的途径。虽然我们很困惑，找不到农村的出路在哪儿，但我们并没有忘记自己要改变农村落后面貌的愿望。

朋友啊，你知道吗？那片黑土地，那里的林海雪原，曾经是抗日联军战斗过的地方。有一次，我们去公社开全体知青大会，青山大队的知青朋友对我们说，他们那里的山上还有抗联烈士的坟茔。我们听了,心里很不平静,想起了与日寇血战到底,壮烈牺牲的杨靖宇、赵一曼、赵尚志，还有八女投江。看英雄故事书、听英雄故事长大的我们，面对这片雪野大地，我们曾无数次地扪心自问：烈士用鲜血换来了这片土地，我们为什么就不能把它建设好？不需要我们流血，只需要我们流汗，可是为什么这里的人们还这么穷？对人们的疾苦不往心里去，无动于衷，“为人民服务”就成了一句空话。因为人民不正是由这一个一个具体的人组成的吗？我们不能只是面朝黑土背朝天地干农活，我们还要改变这里贫穷落后的面貌。

我们办起了家庭小课堂，晚饭后我们集体户十几名同学分别去社员家，给他们讲农业学大寨，和他们一起讨论怎样把生产队搞好。是啊，同是一个太阳照，同是党的好领导，同样的天，同样的地，并且我们的黑土地，比大寨的七沟八梁一面坡要好得多，为什么大寨能办到的，我们却没办到，我们差在哪儿？

我们去社员家讲课，社员全家老小，一边手里搓着玉米，一边听我们讲，有时还不住地点头或说出他们的想法。

我们努力去找可以为这里农民群众服务的事情。男生给社员理发，给社员家安电灯（我们刚去时，那里还没有电灯）。

五保户王大爷病重无人照顾，集体户女生主动去护理他，直到他去世。

我们永远也忘不了夏夜的一场暴雨。那天半夜我们睡得正酣，忽然被外面的叫喊声惊醒，有人喊：“发大水啦！老宋家被水淹啦！”我们立刻起来，看见地上已经都是水，大家立刻穿好衣服出去。水已到膝盖，我们一起朝老宋家的方向跑去。老宋家住处离水渠较近，地势较洼。

天黑得像锅底，暴雨倾盆下。我们到了老宋家，屋里昏暗的油灯闪着微弱的光，水快要漫到炕上了。宋大爷和宋大娘正匆忙地包着一个包。鸡站在快被水淹没的鸡笼上面拍打着翅膀惊慌失措地高叫着，鸭子可挺得意，悠然自得地在水面上游着，我们把宋大爷和宋大娘扶出来，帮他们拿着包，他们说，东西全淹了。

这时村里一些男社员来到了水渠旁。原来水渠的涵洞被上游冲下来的树枝、木头等东西给塞住了。水流不过去，加上暴雨，水越涨越高，漫进了村子，只有排除障碍物后水才能退下去。

谁能下水去呢？在伸手不见五指的黑暗中，我们听到人群里有人说，是我们集体户刘伟民下涵洞了。我们的心都紧绷起来，刘伟民是在松花湖边长大的，会游泳。可水深流急，涵洞有抽力，我们都为他的安全担心。但谁也不会游泳。不知过了多长时间，我们觉得水位下降了。天放亮时，我们看见浑身湿透了的刘伟民，我们也都成了落汤鸡，脸上的泪水和雨水交织在一起。

我们大队医疗条件很差，后来也只有一个简易卫生所，有一名医生。

看到这里缺医少药我就学会了针灸、注射。社员有头疼腿疼的，就找我给针灸。现在不会再有这样的事了，但在当时是出于无奈的办法。

冬天的一个晚上，我从患者家出来，路过大队卫生所时，听到里面有哭声。我走进屋去，看见干部家属张姐抱着两岁多的女儿在哭。经询问得知，她的女儿得肺炎好几天了，也不见好，还在发高烧。医生让她去公社卫生院给孩子看病。她爱人不在家，被调到别的大队搞运动去了。她家里还有两个稍大一点的孩子。卫生院离这儿有十八里地，天又黑又冷，也没有车。眼看孩子的病情加重却束手无策，张姐边哭边说：“这孩子要喂狗了！”我摸摸孩子的额头，烧得很厉害。

这可怎么办呢？在这种情况下我不能不帮她想办法了，虽然我没有把握。我想起曾看过的一本针灸书。书的作者说，他曾给一个患肺炎的小儿点刺三个穴位（商阳穴、间谷穴，还有一个穴我忘记了），然后挤出点血，使病危的小儿当时能哭出声来。我想我也可以用此法试试。肺炎用药，应该是青霉素。我问大队卫生所的人是否有此药，他说没有，只有青油（应该是青霉素油，现在我看不到这种药了）。我想青油也行。

我安慰张姐，并把我的想法说了，就是给孩子用针刺疗法和注射青油。张姐听完立刻同意了。她买了药，抱着孩子，我和她一起去了她家。我身上正好带着针灸盒和注射器。

到了她家，我给孩子行完针，做完过敏试验，注射完青油后，就注意观察孩子的情况。张姐不时地摸着孩子的头，喂孩子一点水。她可能是没有体温计吧。她是三个孩子的妈妈，用手摸也是有经验的。半个多小时过去,她突然兴奋地说,好像没有那么热了。我摸着也觉得烧退了一些。又过了一段时间，孩子的烧退下来了。我们的心情放松了许多。夜已深，我回到了集体户。

第二天一大早，我就去了张姐家。张姐高兴地对我说，夜里孩子的烧退了，一直挺稳定。我连续给孩子打了几天针，孩子的病好了。

孩子停针后我不放心，又去了张姐家一次。这一次我看到了张姐的爱人，我们都叫他老闵。张姐告诉他，孩子的病就是我给治好的。那天我才看清了他家的摆设。我发现在一个不显眼的地方放了很多书。我惊喜地对老闵说：“你家有这么多书，能借我一本吗？”

老闵说：“可以呀，你自己拿吧！”我一时不知拿哪一本好，心想：他的书，他一定知道哪本最好。于是我说：“还是你给我拿吧！”

老闵选了一本厚书递给我。我接过来一看，泛黄的书页，封面上写着两个繁体字“简·爱”。我心里纳闷：简·爱是什么意思？是简单的爱？是黄书吗？他是不会借给我黄书的呀，不管怎样，等我看完再说。

当我读这本书的时候，我才知道，原来简·爱是一个人名，并且这位女性非常了不起。她的自强自立和超凡脱俗，让读者感悟到了一个崇高的思想境界。这本书的思想性和艺术性都深深地感染了我。其中的一句“我自己足够有一个欢乐的宝库”成为我经常鞭策自己的座右铭。

我看完一本书就去还，然后再借一本。

俄国车尔尼雪夫斯基著的《怎么办》，其深邃的思想，独特的艺术表现手法开阔了我的眼界。书中的拉赫美托夫是一位职业革命家形象，我很敬仰他。这类人寥若晨星，“他们人数虽少，却使整个社会欣欣向荣。他们是盐水中的盐，茶水中的茶，动力中的原动力”。

多年以后，我念大学中文函授时才知道，我那时读的一些书是名著。

有思想的书是我行进中不竭的动力。那时我一边挤时间看着犹如琼浆玉液一样耐人寻味的好书，一边看着现实生活这部活书。

农民群众看我能给人治病，也来找我给猪看病。这个我可不会。对人们的需要交了白卷，我心里很不是滋味。

我去了公社兽医站，向他们询问如何给猪治病，有没有针灸疗法。他们说有，还拿出了兽用针灸针和兽用装甲注射器给我看。

我想找一本兽用针灸书，就回了一趟家。书店里没有卖的。我意外地在自家的书橱里找到了一本《兽用针刺手册》。真要感谢我的老爹，他好学博览，家里有许多书，但我没想到还会有这样一本书，对我很有用。

生产队选我当防疫员，给本队社员家的猪和家禽打疫苗，大队还选我当大队防疫员，给全大队的牛、马注射疫苗，搞检疫。为了做好畜禽的防疫工作,兽医站召集大队防疫员进行培训，全公社二十几个大队的防疫员，只有我一个是女性。

开会之前，我看见有一个农民到兽医站苦苦要求兽医出一次诊给他家的猪治病，可兽医都拒绝了。我很疑惑，问兽医为什么不能出诊。他们说，他家的猪得的是产后风，没个治，治不好惹麻烦。我听了心里很沉重，一头猪就是一个农民的全部家底，如果损失了，农民的心情可想而知。可我又能说什么呢？我从兽医口中得知，那个社员是长远大队的。

开完会，我找到长远大队防疫员小郭，问他："你知道刚来的那个社员的家吗？"小郭说知道。我就把想去那个社员家看看那头猪的想法对小郭说了。小郭很高兴，他骑上自行车，我坐在车后面，我们一起去了长远大队。

小郭到了那个社员家门口就喊："大叔，有人给你家猪治病来了！"看见这家人高兴地出门来迎接，我急忙说："我也不一定能治好啊！"他们说："治不好也不怨你，你就死猪当活猪治吧！"这句话打消了我的顾虑。我仔细地看了一下已经养在屋里的猪，这头母猪生了猪崽以后，就站不起来了，也不吃食物。

一群嗷嗷待哺的猪崽，生死也成了问题。我想起兽医说的是产后风。应该是受风寒引起的，是寒病，应该用热法。我让他们家人拿来几把锥子，我用它来做兽用针灸针。我用炭火把锥子烧热，用火针疗法，在猪身穴位上施针，之后我说了一下注意事项。我所能做的就这些了。

回生产队后，我没有机会再去长远大队，也不知那头猪怎么样了。

那时社员家都安装了公社有线广播，我们集体户的房子因为是新盖的，所以没有安装。

一天早晨我去上工，出门遇到了一个社员。他对我竖起了大拇指说："你真行啊！"我奇怪地问他："我怎么了？"他说："公社广播站表扬你了，今早刚播的。你把长远大队社员家的那头病猪治好了，人家写表扬信了。"我听了喜出望外，倒不是高兴我受到了表扬，而是为治好那头猪而高兴。

我开始当防疫员时，心里很害怕：给牛马打针，它踢我咋办？可又一想，那别的防疫员都是怎么干的呢？他们能干我就能干。我克服了困难，努力做好防疫工作。

后来公社推荐我参加吉林地区畜牧病防治工作经验交流会，并让我在大会上发言。这使我很为难。因为当时"文革"时期，我父亲因错案被关在单位里，我怕因为家庭问题使我难堪。我只想默默地做点服务于人民的事，也就很欣慰了。当时评先进，家庭问题也是受影响的。

我去了公社，找到了肖书记，把我的家庭情况讲了。没想到我说完之后，党委书记笑着对我说："小赵啊，你别把家庭问题看得那么重，就算你父亲是'反革命'，我们也要看你的表现。"

我当时感动得一句话也说不出来，忍住泪水让它往肚子里流。

回小山村的路上，那天还下着小雨，可我觉得那润物细无声的小雨是多么亲切呀！十八里的路，我一点儿也没感到累，只觉得天地更广阔了。是啊，这里的党组织和人民这么信任我，我还想那么多干什么，大胆地工作吧！

后来社员又选我当了生产队队长，我光荣地入了团。更令我感动的是，我被批准入了党。后来在大队党支部党员大会上，我被推选为大队党支部副书记。再后来我担任了公社干部。

令我愧疚的是，1976年我回城工作时，我下乡生活了八年的那个小山村，人们的生活仍然很贫困。望着冰封雪飘的大地，望着寒风中匆匆行走的人们，我心里无限惆怅。

几十年时光流逝。生活在小山村的往事仍历历在目。不光有冬天的回忆，还有春天、夏天、秋天的回放。

在中华人民共和国艰难的岁月里，我们分担母亲的忧愁，和祖国同呼吸共命运，终于熬过了严冬，迎来了充满希望的春天！

我们热血沸腾过，也幼稚轻率过；我们倾情奉献过，也迷茫痛苦过；我们深刻反思过，也万般无奈过。但无论遭遇怎样的挫折，受到怎样的创伤，我们也绝不后退，唱着歌儿向前方。因为我们的理想、人生追求不允许我们脱离应走的路。

我们咬紧牙关刻苦磨炼，稚嫩的肩膀挑起百斤重担；我们克服了幼稚轻率，渐渐成熟起来；我们战胜了无数个无奈，就像那高山流水，在无路时仍执着前行，从而流成了壮观美丽的瀑布，汇成了汹涌澎湃的江河，奔向波澜壮阔的大海。

走过了万水千山，经过了激流险滩，如今我们歇息在温馨的港湾。我们拥有了一个青春永驻的共同的名字——知青，虽然我们已不再年轻。

老同学再聚首，第二故乡再回眸，泪花在脸上闪耀，心情难以言表。

岁月如歌，往事如昨，遥远山村的父老乡亲们啊，你们现在的生活都好吗？伤感涌上我的心头：按时间推算，许多熟悉的面孔再也见不到了，那些朴实善良、施恩不图报的人……

我的朝夕相处、患难与共的集体户同学啊，虽然我们已天各一方，但友情铭刻，永记心窝。我们多想再回去看看，看看第二故乡的亲人，看看那里的山川沃野、那里的林海雪原。还记得我们走在雪原上迎着漫天大雪高唱“穿林海跨雪原气冲霄汉，抒豪情寄壮志面对群山……”吗？还记得我们干活歇气儿时，站在田间地头朗诵我们的原创诗吗？“巍巍的帽山顶啊，滚滚的呼兰河……”

如果时光能够倒流，如果那时我们每天的身心不是那么沉重，我们一定会写出许多更美的诗篇。

朋友们啊，让我们开心生活每一天吧，知足者常乐，感恩者长寿。没有过不去的坎儿，想想在农村受的苦和累，一切困难都不足挂齿。

我们的经历是宝贵的财富。要努力挖掘我们的财富，让历史告诉未来。

“老牛自知夕阳晚，不用扬鞭自奋蹄。”自强不息的朋友们，我们还很有潜力，继续发挥我们的余热吧，报效我们伟大的祖国，报恩亲爱的人民。风雨过后，彩虹更美！

2017 年 11 月

一株干瘪的稻子

深秋的田野里，一株干瘪的稻子昂首望天地站在那里。它没有一粒饱满的种子，却自以为了不起。周围颗粒饱满的稻子都低着头，有的还弯着腰。瘪稻子很得意，微风吹来，它摇头晃脑、喜形于色，幻想自己的前途一定与众不同。

秋收开始了，农民们挥镰收割，把稻子都割下来捆成捆儿。瘪稻子立刻叫起来："我不能和它们在一起，我和它们不一样。"于是它挺直了脖子，对和它捆在一起的稻子不屑一顾。

稻子被运到场院，农民们在脱粒机前忙碌着。他们把脱下来的稻粒堆在一起，像一座小山。瘪稻粒又立刻叫了起来："挤瘪我啦！"于是只要有点儿风，它就乘风跑到稻粒堆边上歇凉。

对瘪稻粒的傲慢尖酸，饱满的稻粒从来不言语，因为最大的蔑视就是无言。

农民开始扬场了，他们手握木锨，看好风向，借着风力一锨一锨地扬着稻子，这样就把饱满的稻粒和瘪稻粒分开了。

瘪稻粒一看傻了眼，它看到和它一样的瘪稻粒被风刮到一边，农民们随即用扫帚把它们连同杂物草屑等扫在一起，当废物处理了。而饱满的稻粒则被装进麻袋，运往粮仓。

瘪稻子立刻 180 度转弯，紧贴着饱满的稻粒，向农民表白："这些稻粒饱满，是因为有我为它们遮风挡雨，我为它们操碎了心，费尽了神，体重也减轻了许多……”还没等它说完，木锨已把它们抛向空中，饱满的稻粒都稳稳地落在了伙伴们的群体里。农民们带着丰收的喜悦把它们装袋归仓。而干瘪的稻粒则无可奈何地被风刮落到一边，农民用大扫帚立刻把它扫走了……

2013 年 1 月

感恩我的小学老师

我是1958年上的小学。

入学的第一天，我高兴极了。因为从小看着哥哥姐姐背书包上学去，我很羡慕，早就盼望上学了。

妈妈领着我走进学校。学校是一座二层楼，操场很大，人很多。我跟着妈妈走进了一间教室。一位梳着辫子的姑娘微笑地看着我们走进来，问我叫什么名字。她一定是老师了。我回答之后，老师让我在一个座位上坐下。

这是我对小学老师的第一印象，她的善良美丽印在了我心里。她姓张，叫张桂琴。

我的小学老师教了我们整整六年，一直到小学毕业。

这六年，我们像刚孵化出的小鸟，在知识的世界里，在老师的呵护和教诲下，羽毛逐渐丰满起来。

张老师教我们语文、算术。她讲课讲得好，所以，我们班的考试平均分数比别的班高。学校有时在我们班搞观摩教学。

老师的算术课讲得浅显易懂，听完她的课做习题，觉得没有难题。老师还常给我们出有难度的课外习题。

老师的语文课讲得也非常好，从字词的发音、书写、词意到朗读，老师都非常认真地教我们。

我最感兴趣的课是听老师分析课文和写作。

老师分析课文时，总是不断地提出问题让我们解答。

我是一个爱说爱动的人。课堂上我爱发言，常得到老师的肯定，有时也因为好动而受到老师的批评。

老师讲写作，除了讲理论上的还选读一些范文，有开门见山起笔的，有画龙点睛写法的。老师讲完范文就让我们写命题作文。有时是当堂写，有时是留作业。

老师对我们的作文认真地批改、写评语，还选出写得好的作文读给全班同学听，鼓励大家写出好的作文。

我最高兴的事就是跟老师学朗诵、学讲故事，最爱唱的歌是《听妈妈讲那过去的事情》《让我们荡起双桨》和《学习雷锋好榜样》。多少年过去了，那些朗诵过的诗、那些清纯动听的歌声还在我心头萦绕。

我记忆最深刻的是老师让我们四名同学表演朗诵剧《渔夫和金鱼的故事》。这是俄国著名诗人普希金写的童话诗。我在其中扮演那个贪得无厌的老太婆，其他三人扮演渔夫、金鱼及解说。我们后来参加了全市少年儿童文艺汇演，得了奖，市广播电台让我们去录了音，并播放了，那时还没有电视。

我爱好朗读，爱好文学，是老师培养了我的兴趣。

至今想起我有时还很激动的是那时我们班定期召开的少先队队会。队会上，老师戴着红领巾给我们讲革命先辈的故事，讲新中国建设时期英雄人物的故事。忘不了我第一次戴上红领巾的感受，忘不了新入队的同学举手宣誓的情景，更忘不了每次队会的最后一项都是全体起立，举起右手宣誓。老师站在最前面，对着挂在墙上的毛主席像和绣有星星火炬的少先队队旗发出誓言："为共产主义事业贡献出一切力量！"我们庄严地接上去："时刻准备着！"

敬爱的老师就是这样春风化雨，让理想信念润物细无声地进入我们幼小的心田。

1963 年 3 月 5 日，伟大领袖毛主席为伟大的共产主义战士雷锋同志题词："向雷锋同志学习"。全国开展了学雷锋活动，当时广播里、街道旁边的宣传栏，到处都在宣传雷锋，歌颂雷锋的诗和歌曲也不断传播开来。

我当时是上小学五年级。老师给我们讲雷锋的动人事迹，组织我们朗诵歌颂雷锋的诗。班上订的《中国少年报》连载了雷锋的故事。老师以此作为宣讲材料，组织几名同学宣讲。我们先在学校讲，后来老师还带领我们去工厂讲。

记得在一个宽敞的工地上，工人们放下手里的活，坐在地上听我们讲雷锋的故事。当讲到雷锋的苦难童年时，宣讲的同学忍不住声泪俱下，全场的人也都泣不成声。

我讲的是雷锋入伍后刻苦学习训练和获得荣誉等感人事迹。我还朗诵了一首自己写的诗：《你永远是我们的光辉榜样》。这首诗我在学校的舞台上也朗诵过，还得了创作奖。

老师要求我们学雷锋，不但要知雷锋、讲雷锋，还要用实际行动学雷锋，要助人为乐，多做好事。要学习雷锋刻苦训练，学好知识为人民服务。

放学后，老师有时还组织我们去学校附近的公共场所打扫卫生，维持公共秩序。

上写作课时，老师让我们写学雷锋的好人好事，大家都高兴地写了起来，因为都做了好事，所以有写的素材。

亲爱的老师言传身教，为人师表，使我们懂得了学英雄学雷锋就要把理想化为实际行动。我们在求知中，在日常生活中都要像雷锋那样，心中装着祖国和人民。这个理想信念的树立，让我战胜了后来的许多人生道路上的困难，领悟了人生的价值。

在我小学校园生活的经历中，有一段往事让我记忆犹新。特别是我当了母亲以后，更加理解老师的不易。

在小学三四年级的时候，有一天上课，我们没看见老师来。一位女老师代的课。她说："张老师病了。"

我们以为老师的病，几天就会好，因为在这以前老师从来没有耽误过给我们上课。可是好几天过去了，我们还是没看见老师的身影。那时老师家里没有电话。我们都很纳闷：老师到底是怎么了？我们几个班干部商量了一下，放学后一起去了老师家。

老师家在离学校不远的地方，是两间平房。老师的母亲给我们开了门。我们进了外屋，说明了来意。老师的母亲说，老师生小孩了，是个男孩。老师听出是我们来了，就让我们进了屋。屋很小很简陋，当时是冬天，老师的床前挂着一个布帘儿，我们怕身上有寒气，不敢走近老师。老师亲切地和我们说着话，了解班上的情况。我们怕影响老师的休息，没待太长时间。临走时老师还是让我们走近她的床前，并让我们看看她可爱的小宝宝。

我们出了门，离开了老师的家，都笑了起来。笑我们太傻，竟没看出老师要生小孩，也许是冬天老师棉衣肥大的原因吧，那老师什么时候结婚的呢？我们也不知道。

第二天上学，我们把这个消息告诉了全班同学，大家的谜团解开了。

后来我们听说学校要给我们换班主任老师。我们班一直都是学校的少年红旗班，老师们都愿意担任我们的班主任，可是我们不愿意啊！课堂上纪律差了，尽管班干部每天都在黑板上的批评栏里对纪律差的同学提出批评，也没见好转。后来代课老师对我们说，她还是代课老师，张老师休完假就会回来，继续给我们上课。我们一颗悬着的心落了地，课堂纪律也好多了。后来这位代课老师半开玩笑地对我们说："你们这个班除了张桂琴老师，谁也教不了！"

张老师休假回来给我们上课的第一天，大家别提多激动了。我们像久别母亲的小孩子，太想老师了。因为马上就要上课，老师让我们安静了下来，但我看得出老师眼里噙着泪花。

老师对学生有时很严格，对我也是如此。有一次考试，我得了 97 分，是比较好的成绩。可是老师把我叫到讲台前，严肃地批评我："你看看你错的，你是不会吗？你只要检查一下就能发现错误呀！"老师用手点着我的头，生气地大声说："马大哈！马大哈！"

从那以后，我考试不再忙着交卷，而是用笔点着每一个字仔细检查。马虎的毛病改了许多。

老师对我有时又很宽容。

一次课堂上，我不知不觉地睡着了。我睁眼醒来，发现自己趴在桌子上。我奇怪老师怎么没叫醒我。我抬头看看老师，这时老师向我走来，我以为老师会批评我，连忙低下了头。没想到老师却弯下腰来贴近我的耳朵，轻声说："你睡醒啦？"我惊奇地抬起头来看看老师，心想老师咋不批评我呢？我看到老师脸上是慈祥的微笑，顿时我心里又温暖又惭愧。

难忘老师给我雪中送炭的帮助。老师啊，您对我恩重如山！

上学后的几个学期，每到开学的时候，我都为不能按时交学费而发愁。那时我家里生活困难。我们兄弟姐妹九人，我排行老六，我的哥哥姐姐都在读书，有上大学的，上高中、初中、小学的，开学都要交学费，上大学在外地住宿的人还要交伙食费。我父亲收入不低，但花钱的地方太多，特别是一开学都要交学费。

我交不上学费，老师当然批评我，但后来她询问了我的家庭情况之后不再说什么了，也不再催我交学费了。我总是晚些时候才能交上学费。我没想到后来老师竟给了我一个特别大的惊喜，她让我回家告诉父母，去家庭所在地的街道开一个证明，证明家庭生活困难。把证明拿来交给她，就不用交学费了。从此我再也不为交学费的事发愁了。

转眼间，我小学毕业了。在报考学校时，老师让我报考了市里的重点中学。

我和几名同学如愿考上了，学校的老师同学都为我们高兴。但我妈妈犯愁了，这个重点中学离我家很远，如果住宿，我交不起伙食费，如果走读，需要倒车，得买全线月票，我买不起。妈妈对我说："你去找老师，让她帮你转学吧，转到一所离家近一点的学校。"

我去了老师家，把我的困难和转学的想法说了。老师考虑了一会儿对我说："别人想考还考不上呢，你怎么还想转学呢？不能转，好好学习。"她拉开了一个抽屉，拿出二十元钱递给我说："这钱是给你的，拿去用吧，不用还。"然后她讲了她小时候上学的故事。

老师家在一个偏僻的农村，上小学时要走很远很远的路，但她还是坚持学下来了，我还能说什么呢？老师已给我指明了路，并鼓励我。

我买了单线月票，单线月票比全线月票便宜得多，我每天很早就起来，走出很远的路之后，我再拿单线月票坐上一辆公共汽车，从始发站，一直坐到终点站。后来妈妈心疼我太辛苦，还是让我住校了，我有时交不上伙食费就再走读。

中学的学习生活虽然很艰苦，但我觉得自己更加坚强，更加成熟起来。

几年以后，我还是把那二十元钱还给了老师。要知道那时老师一个月的工资才三十几元钱。老师执意不要。“但是我妈妈说了，必须还！谢谢老师！”我对老师说。

小学毕业后，我和同学们经常去看老师。老师担任了重要的校领导工作，但还是那样关心惦记着我们。我们下乡插队当知青时，老师关心着我们的冷暖，回城后老师既关心着我们的工作，还关心我们的个人生活。

老师有一本相册，里面全是我们班同学和老师的照片：有从一年级到六年级的全班照，有每个人的毕业照，有老师和班干部的照片，还有同学们送给她的很多照片，甚至还有学生家长的照片。

老师有时和我们一起看照片。我们边看边说边笑着，笑我们一、二年级时那一脸的童真稚气；笑三、四年级时那一脸的活泼调皮；笑高年级时那一副小大人的模样。

后来我去了外地工作，并安了家，回去看老师的时间少了，但同学们常和我说起老师的情况。

老师垂暮之年身体很不好，但很乐观。

大约十年前的一天，我的一位小学同学也是我最知心的朋友来看我，告诉我，张老师去世了。

巨大的悲痛笼罩着我们，我们相对无言，只有泪在悄悄地流。我们相互没有安慰，只有共同的悲伤。这位朋友当年是我们大家拥护的班长，也是学校少先队大队长，当然还是班级各项活动的核心人物，是老师的得力助手。我们陷入对老师的深切缅怀之中：亲爱的老师，我们的恩师，您像吐丝的春蚕、燃烧的蜡烛一样，把您全部的爱都给了我们，给了您的学生，丰满了我们知识的羽翼，为我们点燃了理想的火炬；您把毕生的精力都献给了人民的教育事业。

您太累了，辛劳了一生，您获得了永世的安眠。愿您在天堂吉祥快乐！

岁月悠悠，屈指数来，我们离开小学母校已半个多世纪了。校园的一切回忆起来还是那样亲切：四周高大的白杨树，操场上游荡的秋千，广播里催人奋进的歌曲，明媚阳光下的运动会，赏心悦目的朗诵会、歌咏比赛；课间活动时，操场上同学们生龙活虎，一片欢笑声；老师和我们一起玩丢手绢儿，玩老鹰抓小鸡、拔河、荡秋千……青春靓丽的老师的笑容又浮现在我的脑海。泪水湿润了我的双眼，心中充满了怀念……感恩张老师！感恩所有的老师！感恩母校！感恩那个时代！那是一个社会秩序良好，学雷锋做好事蔚然成风的时代。那幸福的时光是老师、是前辈为我们创造的。在那个伟大时代里，我们度过了金色的童年，走过了放飞梦想的少年。

如今那个时代过去了，当年“红领巾”的我们，也已两鬓霜华。但我们童心未泯，壮心不已；因为我们的血管里流淌的是前辈传给我们的有着中华民族传统基因的血液。我们要把中华民族的优良传统、伟大精神、理想信念世代传承下去。

让我们怀着感恩的心迎接每一天。我们愿像那萋萋芳草、朵朵小花报恩三春晖一样，回报祖国和人民，让世界充满光明、充满爱，让我们的社会更加和谐美好！

2017 年 11 月

我和母校吉林毓文中学

“毓文中学的校友们，母校正在喊你们……”看到老师同学们转发来的这个欢迎各届学子回母校参加百年校庆的信息，我的心情很激动，我想起了小时候在外面跑，听到妈妈叫我回家的声音。

我亲爱的母校——吉林毓文中学，你的学子离开你半个世纪了。时光的流逝，抹不去我们心中美好珍贵的回忆。

吉林毓文中学坐落在吉林市美丽的松花江畔，四季风景如画。学校始建于 1917 年。建校之初就将“达材成德”作为校训。中国共产党老一辈革命家和著名学者马骏、楚图南、郭沫若、尚钺等都曾在此执鞭任教。

我是 1964 年考入这所吉林市重点中学的。在校四年，后来下乡插队，招工回城……一路走来，回眸足迹，我常常庆幸自己当时考进了毓文。学校给予我的思想和知识的启迪，那种家国情怀、学子之心伴随着我的人生足迹。离校后，我常常在路过学校时深情回望。

后来因工作安家在外地，父母也已故去，我回吉林的次数很少。但只要回去，我就去看看我的母校。门卫不认识我，我也不好打扰他的工作，就站在校外凝望着校园，仿佛“昨日重现”。

有一次春节前，我回吉林时又去探访母校。这一次我遇见了教别的班级俄语的一位男教师。我已忘记他姓什么，但还是和他交谈起来。在他引领下，我走进校园，走在一条铺着鹅卵石的小路上。这条小路我太熟悉了，因为它就是我们当年铺成的。

我入学的那一年，学校正在扩建，当时学校主楼刚建成，但校园里还有一些工程收尾的活。刚入学那段时间，我们常常上半天课，下午或上两节课之后参加学校劳动。

有一段时间，我们劳动就是铺这条路。同学们在铺完水泥砂浆后，把鹅卵石摆成各种形状：花形、菱形等图案。把它们“栽”在刚铺好的水泥砂浆路面上。几天后，它们就牢固地“镶”在上面了。

同学们干活热火朝天，学校广播里不时传来各班劳动进度的报道。我也写了一篇铺这条路的报道，最后是用一小段诗结尾的：“栽石头，不怕难，要为建校添瓦砖。看着珍珠似的卵石道，大家脸上笑开颜。”

我和这位俄语教师在校内走了一圈之后，才出了校园。他说他已退休了，有时来学校看看，我们依依惜别。

无独有偶，有一次回吉林，我在毓文中学门前看完宣传栏后，坐车回家。很巧，在车上遇见了教过我俄语的崔老师。崔老师课讲得很好，平易近人。多年不见，她还是那么年轻、热情。她说，现在不教俄语了，改教英语。我暗暗敬佩老师的博学多才。自那一别，又是许多年过去了。前些天我在同学们微信群里听到了崔老师亲切的声音，很感动。是的，我一定会去参加毓文百年校庆，去看望我的老师和同学。我想起教过我的老师们，我们的班主任马老师教数学，老师的课讲得都那么好，又各有特色。

我们学习也非常刻苦，又不乏活泼幽默。

我们班的同学肯定都记得我们的语文老师。

第一任是万老师，他那声情并茂的讲课、阅读以及行书字帖般的板书给我们留下深刻的印象。后来的语文老师是霍老师，再后来是梁老师、鞠老师等。他们的共同特点是讲课很精彩，治学很严谨。不同之处是霍老师给人的印象比较严肃，而梁老师总是笑着的。

我记得梁老师上课的第一天，那是一个新学期的开始，他笑容满面地走进教室问候同学们好！我们想到了上学期不苟言笑的霍老师，就不禁都笑了，但还是忍着没太笑出声。接着梁老师介绍说他姓梁，这时大家再也忍不住，哄堂大笑起来，因为这两任语文老师，一个姓霍（音同火），一个姓梁（音同凉），又给人以冰火两重天的感觉。梁老师莫名其妙，下课后他问我（因为我是语文课代表）："同学们为什么笑？我哪里讲得不对？"我就向他解释了同学们笑的原因，他听完也笑了起来。

现在这一切都成了永远的回忆。感谢母校的老师们教给了我们扎实的基础知识，教育培养了我们必备的思想素质。

我是 1967 年初中毕业生，因为"文化大革命"，1966 年下半年学校就停课停学了。1968 年 9 月，吉林市开始了知识青年上山下乡，我就和同学一起，去农村插队落户了。

那些年的农村生活虽然艰苦，但我心里一直闪着希望的火花，这就是要走出一条路来，做一个对社会、对人民有用的人。我坚持朝这个方向走去，终于看到了希望。

我们毓文老三届的同学在社会上无论做什么工作都普遍做得比较好。至少，我看到的母校同学都是这样。

这就是我们毓文中学的魅力所在。沧桑百年，莘莘学子，不忘初心，达材成德。我们同学为何魂牵梦萦，盼望相聚？因为我们有过共同的经历和感受，如今虽然天各一方，但友谊永远在心中珍藏。毓文母校永远是我们心中最圣洁的一角，那书声琅琅的校园，那波光粼粼的松花江畔“集合着一群中华民族优秀的子孙”！

想念母校，盼望着参加校庆的那一天。同学们在微信里对我说，想用一首诗表达学子心愿，让我来写，在校庆那天全班同学一齐朗诵。我很高兴，欣然提笔，激情难抑，美丽庄重的毓文校园，碧波荡漾的母亲河——松花江又在记忆中浮现，心中的歌随着热泪，流淌了出来……

毓文百年校庆学子欢聚之歌

波光粼粼的松花江畔
书声琅琅的毓文校园
天涯学子美好回忆
当年就像昨日重现

五十年岁月沧桑巨变
不变的是我的思念
莘莘学子五湖四海
祖国赤子情满怀

今天我们欢聚一堂
亲爱的老师，校友

我们已经分别得太久太久
是否还记得青春的颜容

“达材成德”，不忘初衷
毓文校训记在心
风雨过后彩虹更美
我们永远心相通

百年毓文，天涯学子，我们无论走到哪里，都回头把母校遥望。祝福毓文钟灵毓秀，桃李天下！

2017 年 1 月

走进音乐的殿堂

前几天我翻阅、整理读书笔记，一本听课笔记让我看后格外惊喜。这是在辽宁省音乐家协会主办的100场音乐学术公益讲座“星期爱乐大讲堂”上听老师讲课的记录。

“星期爱乐大讲堂”引领着我走进了音乐的殿堂。自2012年3月3日至2014年7月12日，“大讲堂”先后在沈阳大学音乐学院和东北大学每周六上午举行，历时近两年半。许多音乐家、词作家、歌唱家、名师教授都在此授过课。课程的内容非常丰富：有歌词歌曲的创作，有声乐、器乐、打击乐、戏剧等各方面的内容。

老师利用休息日，无报酬地给听众上课。“大讲堂”面向所有音乐爱好者，不收取任何费用。所以听众既有名家、教授、专业人士，也有平民百姓音乐艺术爱好者。沈阳附近城市抚顺、鞍山等地也有人慕名而至。

我爱好写作，也写过歌词，所以我比较侧重于听歌词和歌曲创作方面的讲座。

《长江之歌》的作者胡宏伟老师在“大讲堂”上给我们讲了“歌词创作漫谈”。

他从搞创作的感受谈起，认为写作一定要深入生活。他从工人中走出，参军入伍，始终保持军人本色。艰苦的环境因为创作，有了精神寄托。

他深入连队捕捉战士们的生活，表达战士的情感，为战士们服务。“读懂士兵你才知道什么是伟大！”创作源于生活。

对如何写好歌词，胡老师高屋建瓴，旁征博引，结合自己几十年来的创作实践和经典作品概括了八点：一、立意高。二、角度新。三、开掘深。四、构思巧。五、语言美。六、感情真。七、细节动人。八、生活气息浓。

胡老师说艺术是感染人的，不是说教。他的讲课也如琼浆玉液一样令人陶醉。

胡老师还讲了他创作、投稿《长江之歌》歌词的过程。

在 1983 年 12 月 22 日的《电视周报》上，胡老师看到了《话说长江》节目组登出的为片头曲《话说长江》征选歌词的启事，并附有《话说长江》的主题旋律。一直在看这部电视系列节目的胡老师，立刻有了创作热情。

虽然胡老师只是在 1981 年乘火车从南京长江大桥上经过，远远地见过长江一面，但他能够从过去的文学作品和影视剧中获得灵感。《话说长江》纪录片里那些壮丽的画面对他的创作很有启发。

他反复琢磨，经过几天打腹稿以后，终于写下了《长江之歌》歌词。他把歌词写在一张贺年卡上，投进了邮箱。

然而，歌词邮出后两个多月都没有消息。正有些失望时，胡老师收到了节目组寄来的一封信，邀请他去北京参加《话说长江》音乐会，但并没有提他的歌词是否入选。

他到了北京，坐在演播厅里，许多名家也坐在那里。当主持人过来宣布说《长江之歌》的作者就是这位年轻的军人时，连他自己都愣住了，《长江之歌》就这样诞生了。1998 年胡宏伟老师才真正看到了长江……

“大讲堂”关于歌的词曲方面授课较多，每讲都内容丰富，耐人寻味。

著名歌曲《我爱家乡的山和水》的词作者吴善翎老师也多次来“大讲堂”授课。他讲歌词创作，也同样适用于诗歌等其他文学作品的创作。我把其中一讲“诗与词”的课堂笔记加以简要归纳整理：

一、要有两个基本功：歌词、音乐。

二、要打好文学基本功。对古诗名篇要能背诵，腹有诗书气自华。

三、多读歌词中的名作。

四、对成功作品进行研究，总结其写作特点。

五、多动笔练习。从不怎么好到成熟，到成功，到创新。别人没用过的观点、手法，你用就是创新。

六、成熟的作者要学会对自己的作品把关。开始写，构思，能出什么样的作品基本有个数。努力出精品。对自己的作品要眼高手低：判断能力比你写作能力高才能进步。

七、在炼字句上下功夫。百炼为字，千炼为句。多用口语、平常语，从民歌、民间、曲艺中学习语言，用浅显的语言表达深奥的思想。极炼如不炼，功到极点不用功。本色即出色，这是写歌词的基本功。

八、音乐基本功对词作者很重要。不能当音盲，至少会简谱。

九、歌词的审美空间。词要给曲留出空间。

十、诗词外功夫。丰富的阅历、跌宕的人生是写诗歌的有利条件。没有真正的生活就没有真正的艺术。深入进去，还要跳出来冷静思考，对生活富有诗意的评判。

十一、写歌词要热加工，冷处理，要趁热打铁，抓住灵感的闪光把想的写出来（热处理）。对于作品觉得好，改不动就放一边，过几天再拿出来，就能看出毛病，这就叫作冷处理。

十二、古今要成大事业、大成就者就必须：

耐得住寂寞：昨夜西风凋碧树，独上高楼，望尽天涯路。

吃得起辛苦：衣带渐宽终不悔，为伊消得人憔悴。

获得灵感：梦里寻他千百度，蓦然回首，那人却在，灯火阑珊处。（顿悟）

翻阅读书笔记，名师们闪光的思想和语言、深邃的艺术造诣以及多年的创作实践和教学研究得出的宝贵成果和经验都跃然纸上，犹如头上的启明星，如此明亮地扩展了我内心追求的艺术天空。

沈阳——这座古老而又年轻的辽宁省城，在祖国的两个文明建设中起着重要的作用。

昔日从祖国解放的黎明中走来，从延安鲁艺走来的许多老一辈音乐家、艺术家、作家和文艺工作者，来到沈阳这片沃土。他们发扬延安精神,创作了许多人民喜爱的作品。新一代音乐家、艺术家、作家也不断涌现，优秀作品层出不穷。仅就歌曲来说，从《咱们工人有力量》《我们走在大路上》《我为祖国献石油》等，到《长江之歌》《十五的月亮》《在那桃花盛开的地方》等著名歌曲都是出自辽宁。其中一些词曲作者也是“大讲堂”的老师。他们身居高位，硕果累累，仍是那样平易近人，诲人不倦。他们认真解答我们提出的问题，点评我们的习作，应我们的请求给我们签名，与我们合影留念。每当想起这一幕幕，我心里就充满了感动和敬仰。我看到了新时代的延安精神！愿我们新一代作家、艺术家继续发扬光大这种精神，让我们的作品也像他们的作品那样无愧于伟大的时代！

2014 年 9 月

为母亲唱出最美的歌

看完《中华雷锋号》微刊文章，我走到窗前，仰望窗外深邃的夜空——这是 2015 年的最后一个夜晚了。我怀着不舍的心情回望着走过的岁月……这一年，我有太多的感动。

因为学雷锋、颂雷锋，我有缘结识了雷锋人，加入了“中华雷锋号”五团微信群。《中华雷锋号》微刊上的文章立刻吸引了我。我了解到这是一个活跃的独具特色的学雷锋、弘扬雷锋精神的雷锋人的团队。他们把弘扬雷锋精神视为神圣的职责，立足本岗学雷锋并带动周围的人。学雷锋的队伍不断壮大，我也成了其中的一员。

由雷锋生前战友冷宽将军引领的，由雷锋生前战友、工友、雷锋当年辅导过的红领巾担任顾问的，由人们称之为“八仙主编”组成的编辑队伍创办的《中华雷锋号》微刊，每日一期，每期都有多篇精品文章，而且每天转发到覆盖全国各地的“中华雷锋号”微信群里，对学雷锋，立足本岗工作，提升思想境界起到了指导、启发、拓宽思路的作用。微刊像及时雨，给雷锋人带来了精神盛宴。他们辛勤地付出，也收获了令他们感动的回报。

2015 年 12 月 18 日，是雷锋人难忘的日子。欢呼吧！在雷锋 75 周年诞辰之际，在《中华雷锋号》微刊创刊一周年之际，在冷宽等老一辈雷锋人的努力下，“雷锋网”开通啦！包括冷宽等三位将军在内的雷锋生前战友、工友、辅导过的红领巾齐聚北京，共享、见证了这一庄严幸福的时刻！

感动啊！十几位艺术家到场，87 岁的老艺术家田华在大会上讲话。

光荣啊！八仙主编团队被授予推进学雷锋常态化特殊贡献奖，并被聘请为雷锋网特邀研究员。

激动啊！中央电视台著名主持人敬一丹老师和张仲国秘书长一起，为八仙主编团队宣读了颁奖词。

台上光彩照人主编队，台下激动人心雷锋人！

“宝剑锋从磨砺出，梅花香自苦寒来”。他们赢得了党和人民的荣誉，也一路伴随着雷锋人的点赞、鲜花和掌声。八仙主编团队的荣誉也是我们雷锋人的骄傲。

有冷宽等老一辈雷锋人的引领，有八仙主编团队等学雷锋典范，学雷锋的队伍不断壮大，他们活跃在祖国的大江南北、各行各业。记得以前我看到微刊上有一篇青藏公路上一个司机写的文章，写的是雷锋精神，微刊文章带给他们力量。

我是一个退休的人，在助推雷锋精神的事业中我找到了晚年的人生定位。我感动着大家的感动，幸福着大家的幸福。我也往微刊投稿，大家给予我极大的鼓励，我深深感受到了大家给予我的源源不断的正能量。

前几天，我投了一篇诗稿——《为母亲唱出最美的歌》，不久我看到了微刊上我的诗。当我打开看时，不由得眼前一亮：一幅幅精美的插图和着我的诗句，主编是郭赞博士。想到她工作很忙还这么精心设计这首诗，这更让我看到主编们工作的一丝不苟和创新精神。联想到他们一贯的工作作风和那一篇篇脍炙人口的优秀作品，我不由得想对他们说：“你们为祖国母亲唱出了许多美丽动人的歌……”

不舍的一年即将过去，新的一年在召唤着我们。“忆往昔历经光辉多壮志，看今朝任重道远催人急”，祝亲爱的首长和朋友们，在新的一年里继续开拓、创新学雷锋之路。

雷锋精神和中华优秀传统文化与共产党人的红色文化的有机结合，就是我们今天中国人应具备的素质。雷锋精神中的祖国和人民利益至上的人生价值观和助人为乐的大爱情怀永远是我们歌声中的主旋律！

2015 年 12 月

在那遥远的小山村

我是老三届知青。1968年9月，我和同学们去农村插队落户了。那里离黑龙江省很近，在吉林省界内，是高寒半山区里的一个小山村。

那里冬天很冷，就像《林海雪原》里描写的冬季一样。广袤的黑土地四季变换着颜色，清凉的呼兰河水由远而近从屯子旁边流过，再往远看是连绵起伏郁郁葱葱的群山。

那里的自然景色很美，然而农民的生活很贫困。

我们刚去农村的头几年，农村还没有赤脚医生，农民治病很困难。

看到这些情景，我就学会了针灸，常常干完一天活之后，社员谁有病来找我，我就义务给治疗。现在的农村是不会再有这样的事了。

大约是在1973年，冬天的一个晚上，一个十几岁的男孩子从北风呼啸的外面进到集体户的屋里来。他的小脸、耳朵被冻得通红，光着脑袋。哦！是生产队饲养员刘大叔的二儿子，小名叫二犊子。他走到我面前说："我妈病了，让你去一趟。"我把装有针灸针的小盒揣进衣兜里，拿起我的棉帽子想给他戴上。他摇着头躲开了，不肯戴，眼睛瞅着我的脑袋。"我还有围巾呢！"我边说边戴上了围巾。二犊子这才戴上了我的棉帽子，跟我出了门。

时值隆冬，寒风像刀子一样夹着碎雪掠过我的脸，两只脚像被无形的绳子绊着，走了好一会儿才到刘大叔的家。

屋子里冷冰冰的，很暗，刘大婶正躺在炕上。她的两个小儿子和两个女儿没精打采地坐在炕上瞅着妈妈。

刘大婶看见了我，抱歉地说："你看这大风小号的，还把你折腾一趟，我胃病又犯了，这心口疼得厉害。"

"吃饭了吗？"我问。

"没有，什么都不想吃。"刘大婶说。

"空肚子胃也不好受啊，孩子们也都没吃饭吧，做点粥吧。"我说。

懂事的二犴子从外面抱进柴火，他妹妹大凤也过来帮着烧火。我先烧了开水，想给大婶冲碗糖水喝，免得针灸时引起晕针。可是大婶家竟然连一点糖都没有。我只好让她喝了点热水，然后赶紧做小米粥。开锅后我盛了一碗米汤给大婶喝。让孩子们看着锅，我就给大婶行针：中脘、内关、足三里……

小米粥煮好后，大婶吃了一碗，孩子们也都吃了起来。此刻大婶脸上舒展了许多，她把短发往后理了理说："现在好受多了，多亏了你这个丫头，你看你大叔就算长到马号了，我病成这样，他还是一天到晚不着家。"

我从刘大叔家里出来赶紧向马号走去，我心里纳闷：刘大婶病成这样，刘大叔也该回来看看给做点饭呀！因为这几天生产队放假让社员打柴，所以我好几天没看见刘大叔了。

我推开马号的门进去，屋里暖暖的，刘大叔正往灶坑里添柴火，上身只穿了一件缀满补丁的秋衣。他抬头看见了我，笑着和我打招呼。

几天不见，刘大叔好像苍老了许多，饱经风霜的脸上颧骨变高了，眼睛周围是一圈黑晕。看上去有 60 岁，其实他可能还不到 50 岁。刘大叔添完柴火进了东屋，我跟了进去。

“马驹！”我惊喜地叫了起来。瞧，一匹黑色的小马驹正趴在炕头上，背上搭着刘大叔的棉袄。

“怪不得你连饭都不吃了。”我说，“我刚从你家里过来，大婶胃疼，现在好点了，你快回家吃饭吧，我在这儿看着。”

“你去了我就放心了。”刘大叔说，他满腹心事地坐在炕边默默地抽着旱烟。突然他剧烈地咳嗽，半天才喘上气来。刘大叔说他这是老毛病了。我劝他戒烟，他说这辈子是戒不成了，少抽就是了。我催促他回家吃饭，他没吱声，把烟慢慢掐灭，脸上仍然愁云笼罩。真奇怪，我问刘大叔：“你怎么啦？”刘大叔看了看马驹低声说：“这马驹生下快两天了，还没奶吃。”他说着抱起马驹站起身来，穿过外屋向西屋走去，我紧跟着。

分娩后的母马就在西屋里，地上铺着柔软的草。刘大叔把马驹放到母马的身边，他一只手抚摩着马背，一只手挤着母马的奶子，仍然是一滴奶水也没有。马驹钻到了母马的肚子底下，一个劲儿地拱啊、吸啊，不一会儿又晃晃小脑袋失望地钻出来。母马似乎觉得自己是一个不称职的母亲，内疚似的站在那里。

刘大叔把马驹抱回东屋炕上说：“得想个办法了。”

“奶粉可以吧，供销社就有卖的。”我说。

刘大叔解开了补丁盖补丁的秋衣，从贴身的衣袋里取出一个小布包，他小心地打开了布包，里面是几元钱。刘大叔把钱递给了我，让我去供销社买奶粉和奶嘴。

我愣住了，不知是接好还是不接好，光着脑袋的二牤子、生病的刘大婶、衣衫褴褛的孩子们在我脑海里闪现。我不由得摸摸自己的衣兜，唉！我当时是分文皆无。刘大叔看我站着不动又说：“快去吧。”

我想：对了，我买完开个收据。我去了供销社，供销社已关门了。我找到了营业员陈玉的家和她一起到了供销社，买了奶粉和奶嘴，开了收据。“光吃奶粉可喂不起，你让刘大叔磨点大米面掺着喂。”陈玉对我说。

我回到了马号，刘大叔已准备好喂奶的瓶子，烧开了水，一会儿的工夫牛奶就弄好了。刘大叔把牛奶倒进瓶子并套上奶嘴，开始喂马驹。马驹吸吮了几下就松开了嘴，再吸几下又松开了嘴，反复几次之后就咕咚咕咚地吃起奶来。

“好小子，你倒知道好歹。”刘大叔一边喂一边自言自语，同时目不转睛地瞅着马驹。他那微厚的嘴唇还不时地动几下，好像要帮着马驹吃奶似的。这时我看到，刘大叔脸上的愁云消散了，憔悴的脸上是那样慈祥柔和，就像是一个母亲在端详着自己刚出生不久的小宝宝。

马驹吃饱了奶，就咧咧歪歪地在炕上撒起欢儿来，专爱踩刘大叔的行李。

“小马驹生下来就会走，人可就不行了。”我好奇地说。

“可不是嘛！”刘大叔笑了，“马两三岁就能上套儿干活了，人两三岁还跟妈妈撒娇呢。”

小马驹一点也不怕人，它一会儿过来拱拱我的手，一会儿过去闻闻刘大叔的脑袋，眼睛圆溜溜的，黑色的鬃毛卷曲地披在颈上，可爱极了。

“你快回家吃饭吧，我在这里看着。”我说。

刘大叔一边穿棉袄一边对我说："别让马驹下地，地上太凉。我去马棚给马添一遍草就回家，一会儿就回来了。"他又转过身来对马驹说：

"你吃饱了，我可饿了。"

看着刘大叔走出了门，听着他渐渐远去的脚步声，以及传来的几声咳嗽，我仿佛看见了刘大叔顶着风，弓着腰在冰天雪地里走着，我的鼻子酸酸的……是怜悯？是感动？

刘大叔，这个老实巴交的庄稼汉，干得一手好庄稼活。他当过多年的队长，只是近几年身体不好，才开始喂马。他平时很少讲话，总是在喂马、铡草、清马棚……不闲着。他是六个孩子的父亲，家里生活很困难，但他很爱帮助别人。刘大叔在屯里很有威望，谁家有个大事小情都愿意找他帮忙。我们刚下乡时什么都不会，刘大叔教我们干农活，帮我们解决吃住，帮我们盖集体户房子，教我们种菜。刘大婶还教我们做大锅饭，还有那么多善良朴实的人：李队长、朱大叔、闰大婶、妇女队的姐妹们……

他们在我们最艰难困苦的时候，给了我们雪中送炭的帮助。

夜，静悄悄的。马驹玩了一会儿，就趴在炕上睡着了。我脱下了大棉袄，给它盖上。

没过多久，传来了脚步声，一会儿外屋门响了，是刘大叔回来了。

他一进屋就看马驹，马驹睡得正酣。

"大婶咋样了？"我问。

"好多了，多亏了你，你快回去吧。"刘大叔边说边脱下棉袄，把它放在火炕上暖了一会儿，然后把我的大棉袄递给了我，把他的棉袄给马驹盖上。

我站起身来穿上棉袄，掏出买奶粉剩下的零钱和收据交给了刘大叔。刘大叔看了一眼收据，就把它折叠了一下，撕成了两半。

“你怎么撕了，留着报销哇！”我忙说。

刘大叔掏出了烟口袋，一边用那半张收据纸卷着烟，一边说：“算了吧，报什么销哇。”

“公事公办嘛！”我说。

刘大叔沉默了一会儿说：“今天白天我跟王队长提了想买奶粉的事，王队长说队里没钱。不报了。”说完就点着了那支用半张收据纸卷成的旱烟。

我眼前又出现了生病的刘大婶和她的孩子们，我心情沉重地走出门去。刘大叔也跟我出了门说：“我在门口站着，看着你回去，你别害怕。”

我向前走着，过了一会儿我回过头来看，夜色中屋檐下，已看不清刘大叔的身影，但从那一闪一闪的烟头光亮中，我知道没穿棉袄的刘大叔还站在那里。

村庄早已睡熟了，远处是黝黯的巍莽的群山。风停了，雪也停了，天干冷干冷的，月亮怕冷似的躲进云里，满天闪烁的星星执拗地眨着眼睛。

我向前走着，眼望着夜空中一颗最亮的星，我想：它多像刘大叔那朴实明亮的心！

是的，刘大叔，你就像天上的那颗星，把光辉默默地洒向人们。

在常人看来，星星没有太阳亮，也没有月亮明。然而在我眼里，星星和太阳是同样的光：太阳是恒星，星星也是恒星，只是在宇宙空间的位置不同，才给人以不同的视觉和感受。星星的光来自像太阳一样的胸膛，燃烧着自己，也照亮了别人，特别是那些在黑夜里走路的人。

我不知不觉地走到了集体户的门口。

令人欣喜的是，母马后来终于有了奶水，小马驹安然无恙了。

光阴似箭，当年下乡时还不满18周岁的我，如今已年过花甲。1976年春，我回到了城市工作。几十年过去，如今小山村的那片黑土地上已有了巨大的变化，人们过上了丰衣足食的日子，许多年轻人走进了农民工的行列，令人有些伤感的是，一些老人再也见不到了……

仰望夜空中的点点繁星，我常常想起遥远的小山村当年那个星光闪烁的夜晚，想起刘大叔和他的一家，想起那些勤劳朴实善良的农民兄弟和乡亲姐妹，想起患难与共的集体户同学，心中充满了怀念……回想走过的路，农村的知青岁月难以忘怀。它让我懂得了人生的价值和什么是名副其实的真善美，给了我战胜困难的源泉。无论历史和人们对那时的知青上山下乡怎样评价，我想对知青，特别是老三届知青朋友们说："我们不会忘记，是谁在那干旱的年月浇灌了我们这些幼苗的根部土壤，感恩的心，你我相通；作为老三届知青，我们已做了在当时历史条件和环境局限下所能做到的服务于人民的事，就这点来说，我们青春无悔！"

"我们曾经用身躯亲吻精神的花瓣我们曾经用心灵编织理想的花环我们曾经用微笑面对命运的挑战我们曾经用歌声唱响美好的期盼……"《曾经》这首歌唱出了我们心中的永远！

2016年12月

我为战友雷锋实现了见毛主席的梦想

——采访雷锋生前战友刘树田老人

快到冬至的沈阳，天干冷干冷的。然而走在街上的我，心里却暖暖的。因为我刚从一位德高望重的老人家里出来。他是雷锋生前的战友，年近八旬的刘树田老人。我们是在不久前召开的纪念雷锋同志诞辰 77 周年大会上认识的（雷锋的生日是 1940 年 12 月 18 日）。

听了刘老的大会发言，得知他三次见到毛主席，我心里油然生起深深的敬意。会后我向他要了联系电话，并说出了我的意愿：想听他讲更多的雷锋的故事。刘老欣然答应了。今天我如约去了刘老的家，刘老热情地接待了我。他的家很简朴，只有他一个人在家。我们聊了起来，随着我的话题，精神矍铄的刘老开始了珍贵的回忆：

"和雷锋相遇，影响了我的一生。

"1960 年 1 月 8 日下午 3 点，我和部队的战友们冒着严寒，敲锣打鼓到营口火车站迎接新战友。在新战友的队伍中，只见一位小个子的新兵，穿着一件肥大的棉衣，手提一只皮箱，走在队伍的后面。我感到新奇，所以多看了他几眼，在欢迎大会上，他代表新战友讲话，我知道了这个小战士叫雷锋。

"在与雷锋共同工作生活的两年零八个月的时间里，我耳闻目睹了雷锋许许多多大公无私、助人为乐、勤俭节约的动人事迹，是雷锋精神影响了我的一生。

“雷锋小时候很苦，他的几个亲人都被旧社会夺去了生命，七岁时又失去了他唯一的亲人——母亲，雷锋成了孤儿。是党救了他，他常说：‘中华人民共和国成立后我有了家，我的母亲就是党。’我小时候也很苦，我四岁就没有妈了。我和雷锋的感情是相通的。”刘老望着我神情凝重地说。

“雷锋不忘感恩报恩。他节省每一分钱，帮助战友，支援灾区。在工作岗位上埋头苦干。”

听了刘老的话，我想起了雷锋生前辅导过的一名学生写的一篇文章。

文中说，大约是在雷锋牺牲前不久那年夏天，他和同学们在沈阳八一剧场前面的广场玩，看见剧场里走出许多解放军叔叔。原来是部队的一个会议在此召开，中间休息了，门口放着一个大水桶，上面有供喝水用的缸子，剧场门前还有卖冰棍儿的。许多解放军叔叔都去买冰棍儿吃，那时的冰棍儿才三分钱一根。

这时，那几个学生认出了站在剧场门口的一位战士就是他们的辅导员雷锋叔叔，只见雷锋叔叔开始和战友们一起向卖冰棍儿的走去，可没走几步，雷锋就站住了，又转身回去，走到水桶旁拿起水缸子舀水喝了起来。

我把看到过的此篇文章内容对刘老讲了，刘老说：“是啊，雷锋连三分钱的冰棍儿都舍不得买，把钱都攒起来捐款了。那时战士一个月的津贴是六元钱，而雷锋成百元的捐款就有过两次，把以前在鞍山工作时攒的钱都捐了，多不容易啊！

“当时部队每人发两套单军装，雷锋只领一套，另一套给国家节约了。

“中秋节发月饼，过节发水果，我们都吃了，雷锋却没有吃，去营房附近的一所医院，把月饼、水果都送给了患者。

“雷锋是一个非常善良的人，他把部队当成家，把人民都看成他的亲人，遇事总想着别人不想自己。一年秋天部队上山打猪草（连队里也养猪），中午每人带盒饭，有个战士饿了就把午饭提前吃了，中午就没有饭了。雷锋就把自己的饭让给战友吃。这个战友不肯吃，雷锋把饭盒撂下就走了。

“雷锋和我们一样都是普通士兵，但他把平凡做成了不平凡，因为别人没做到，他做到了。

“雷锋的勤俭节约给我们的教育很大。部队拉水泥，卸车之后，雷锋把撒在车上的水泥用笤帚扫起来，送到加工水泥的地方。学雷锋要从一点一滴，身边小事做起，我们家居住的这个楼道，二十多年来，我一直坚持清扫。

“雷锋在生前就已是部队的标兵模范，学习毛主席著作积极分子，后来还被推选为抚顺市人民代表，他那时就是我们学习的榜样，并不像有人说的是牺牲后才标榜的。

“我多次听过雷锋给全团战士做的报告，他讲旧社会的苦，讲新社会的甜，讲到他母亲的惨死时泣不成声。他感恩党和毛主席救了他，正像他在日记中写的：‘唱支山歌给党听，我把党来比母亲……’他刻苦学习毛主席著作，他心中一个最大的愿望就是去北京见毛主席。雷锋牺牲后，我们听说 1962 年的国庆观礼，部队领导已决定让雷锋去参加，可是雷锋在那年的 8 月 15 日牺牲了。

“雷锋的不幸牺牲，令我万分悲痛，决心以自己的实际行动学习雷锋，创造优异成绩代表战友雷锋进京去见毛主席。

“1963年，我从部队复员，回到了原工作单位。我以雷锋为榜样，在领导的支持下，我分别建立了班组车间和全厂节约箱，组建了回收队伍。我们把机械加工下来的钢铁边角废料收集起来，一年全厂可回收废旧钢铁几十吨，变废为宝。

“我还学会了理发技术，用自己工资买了一套理发工具，用休息时间为工友理发，后来又在全厂建立了多个理发小分队，培养了20多名义务理发员，常年为群众服务。有一次，收发室王师傅住院病危，我义不容辞地到病床前为他理了最后一次发。”

刘老工作很出色，多次被评为单位、市级、全国军工系统先进个人、工作标兵。1969年国庆20周年前夕，刘老被推选为全国军工系统先进个人，并进京去参加国庆20周年观礼。

刘老兴奋地向我讲述着那个难忘的时刻：“10月1日，国庆节这天上午，我怀着激动的心情和全国各地的代表一起来到了国庆观礼台，参加了国庆观礼，受到了毛主席的亲切接见。晚上在金水桥前，毛主席又与全国各地的观礼代表一起，共度了国庆之夜。我就站在毛主席身边，那一幸福时刻，令我终生难忘。

“10月14日晚上，又一次难忘时刻降临，毛主席在人民大会堂亲切接见出席解放军总后勤部‘三代会’全体代表，我作为代表中的一员，又一次见到了毛主席，心情万分激动，感动得热泪盈眶！

“1969年10月，是我人生中最难忘的10月，我三次见到了毛主席，终于为战友雷锋实现了见毛主席的梦想！”

刘老说到这里，难以抑制激动的心情，眼睛湿润了。

刘老退休后仍一直坚持做雷锋的传人，多次受到省、市、区的表扬奖励。

从 2009 年开始，刘老自愿担任了沈阳市铁西区勋望小学雷锋中队校外辅导员。他在孩子们中间传播雷锋精神，常年开展续写《雷锋日记》活动。

无论酷暑严寒，每个活动日他都和孩子们在一起，免费为小同学送笔送书送本，给他们讲雷锋的故事，鼓励他们学习雷锋，写好日记。

刘老还和学校领导、老师共同努力，把几年间学生写的日记，整理印制成册。刘老边说边从书架上拿下一本小红书册来给我看，书的封面是雷锋那阳光的笑脸和毛主席笔体的“雷锋”二字。书的标题是《望童学雷锋——续写〈雷锋日记〉的少年在勋望校园成长》。我翻阅着，孩子们童真美好的语言和刘老的辛勤付出跃然纸上，令我感动。让我摘录一篇与读者分享吧：

“我是一个比较自我的人，但当我成为一名雷锋中队的少先队员后，我很有感触，雷锋是那么毫不利己、专门利人，使我深深感动。现在我坐公交车和以前大不相同。我主动给老人、小孩和患者让座，以前我就自己坐着，毫不犹豫，现在我觉得自己进步很大，我希望人人都学习雷锋的好品德。”

看着孩子们写的日记，我看到了刘老和学校老师们播下的雷锋精神的种子，已长成蓬勃旺盛的绿苗。

学习雷锋从娃娃抓起。刘老等雷锋人正在践行习近平主席的这一教导，让孩子们从小树立起优良的品德。

我和刘老交谈着，不知不觉到了中午，因下午刘老还要参加一个会议，我只好告辞了。临别时刘老送给我一本印制成册的孩子们的日记，还有他教学生诵读的《雷锋三字经》等。

走在街上，我看看手里的资料，想拿的都拿了，这些资料多宝贵呀。刘老，你也是我们学雷锋的宝贵资源财富啊！我再次被刘老的精神感动，也更加深切地怀念雷锋：平凡而伟大的雷锋啊！你的生命虽然短暂，但你感动着每一个有幸和你接触的人，你的领导，你的战友，你辅导过的红领巾，你帮过的每一个人，他们传承着你的精神，也感动、带动了千千万万的人。

雷锋啊，我虽然没有见过你，但自从中国大地上传颂出你响亮的名字，当时是五年级小学生的我就被你深深感动，亿万中国人民被你深深感动，向你学习蔚然成风。半个多世纪过去，你在我心中从未离去。“人的生命是有限的，可是为人民服务是无限的，我要把有限的生命投入到无限的为人民服务之中去。”你对人生哲思的至理名言，也融入我们的血液里，让我们这些“夕阳红”，老骥不伏枥，焕发了人生的第二次青春。

老当益壮，奋斗不息。弘扬雷锋精神，在希望的田野上辛勤耕耘，刘老给我们做出了榜样。

我们这一辈虽然都已年过花甲，但历史责任还是很重大的。我们这一代要把雷锋精神，把中华民族的传统美德、传统文化，把我们的红色文化，世世代代传承下去，发扬光大。

2017 年 12 月

让雷锋精神代代相传

伟大的共产主义战士雷锋以他22岁的青春年华走完了壮丽的人生。他的生命虽然短暂，但他实现了“把有限的生命投入到无限的为人民服务之中去”的人生意义的升华。自伟大领袖毛泽东主席题词“向雷锋同志学习”，半个多世纪以来，学雷锋活动在中国大地上从没有停止过。尽管曾经处于低潮，甚至有人诋毁雷锋，但是被雷锋感动过的广大民众，雷锋生前的老领导、老战友、老工友，以及他生前辅导过的学生，心中始终充满了对雷锋的怀念和敬意，许多人站出来反击对雷锋的歪曲。

在习近平总书记关于学雷锋一系列的重要指示、指引下，学雷锋志愿者的队伍不断壮大。

是的，我们虽然和雷锋还有很大差距，但在我们心里，一直想缩短和雷锋的距离。我们越走近雷锋，就越被他的精神和事迹所感动、所激励。

学习雷锋爱岗敬业、精益求精的精神。

雷锋一生经历了农工兵三条战线，他去过多个地方，从事过多种工作。他无论在哪个岗位上都是干一行、爱一行、精一行，做一颗永不生锈的螺丝钉。

在农业战线上，他是县委机关称职的公务员、“治沩模范”，是优秀的拖拉机手。在鞍钢，他多次被评为先进生产者、红旗手、标兵，并出席了鞍山市社会主义建设青年积极分子代表大会。在部队，他多次立功，被评为优秀战士、节约标兵，荣获“模范共青团员”称号。

我们学习雷锋，就要从爱岗敬业做起。各行各业都是整体事业的一部分，干好本职工作，就要保证自己这颗螺丝钉不生锈，不松扣。时代呼唤工匠精神，让我们重拾工匠心，脚踏实地，积跬步以成千里，为实现中国梦而努力奋斗。

学习雷锋全心全意为人民服务。

全心全意为人民服务是中国共产党的根本宗旨，是共产党人思想和行动的准则，也是雷锋精神的核心。雷锋把淳朴深厚的感恩报恩情怀，转化为报效祖国，建功军营，全心全意为人民服务的实际行动。他赋予“人民”二字实实在在的内涵。他对每一个有困难的人，无论认识或不认识，都尽力帮助。连队中秋节分月饼，过节分苹果，他舍不得吃，给医院的患者送去。“雷锋走千里，好事做万件”，他把自己看成党和人民的儿子，他说：“我活着只有一个目的，就是做一个对人民有用的人。”

我们要像雷锋那样对人民满腔热忱。在工作岗位上优质服务，争创一流水平。在业余时间，为弘扬社会正能量，为帮助弱势群体，为有困难的人奉献我们的爱心。“雷锋精神，人人可学；奉献爱心，处处可为。”

新时期国内外环境的复杂性也使我们认识到：只有把国家和人民的利益放在第一位才能拒绝金钱和私利的诱惑及消极影响，保守国家机密，抵制腐败和不良风气，对国家对人民尽职尽责。

学习雷锋锐意进取、勇挑重担的精神。

雷锋总是奋斗在时代的前沿，他小学毕业就响应国家大办农业的号召，走向农业生产第一线。1958 年，在国家发展工业大炼钢铁时，他又走进了鞍钢。1960 年初，雷锋又告别了工资待遇较好的鞍钢，毅然参军。1962 年夏天，雷锋向领导递交了请战书，要求到福建前线去。

当艰苦的工作摆在眼前，雷锋总是奋勇当先。

我们要学习雷锋强烈的国家责任感和担当意识，勇于做时代的中流砥柱，努力在本岗的星座上发挥最大的光和热。中国梦需要更多的人面对挑战和机遇敢为人先，锐意进取。天生我材必有用，国家兴亡我有责，要甘于奉献，勇于担当。

三百六十行，行行出状元，各种职业都有自己的旗手和精英，即使平凡的工作，用锐意进取的精神去从事，也会孕育出不平凡来，让我们自强不息，追求卓越，“苔花如米小，也学牡丹开”。

雷锋的勤俭节约精神在新时代仍有着重要的意义。

勤俭节约是中华民族的传统美德，也是我们应该具备的优点。

“勤以修身，俭以养德”“历览前贤国与家，成由勤俭破由奢”，这些至理名言无不说明了勤俭节约在任何时候都不能丢。不具备这种立身立家立业的美德，就难以发展进步。

20 世纪 60 年代，国家号召厉行节约，雷锋率先垂范。部队发军装，他总是少领一套军装，一件衬衣，其他物品也少领，给国家节约开支。雷锋出差从来不报补助。他节约每一分钱，用来捐款和帮助别人。他成百元的捐款就有两次，把在鞍山工作时攒的钱都捐出去了。他在日记中这样写道：“我要永远地多给别人，要不计较个人得失。”

当今时代，物质条件与20世纪60年代相比，已有了极大的改变，我们合理追求和享受着物质文明和精神文明都非常丰富的美好幸福生活。但我们反对享乐主义、奢靡之风，反对铺张浪费。要学习雷锋节约每一分钱的精神，节约每一度电、每一滴水。让勤俭节约成为我们的习惯，让勤俭节约在全社会蔚然成风。

刻苦学习理论，坚定理想信念，像雷锋那样知行合一。

刻苦学习政治理论，用毛泽东思想武装头脑，是雷锋的精神动力和追求。

雷锋从1958年开始学习《毛泽东选集》。工作忙，没时间看书，他就发扬钉子“挤”和“钻”的精神，“早起点，晚睡点，饭前饭后挤一点，行军走路想着点，开会出差抓紧点，星期假日多学点”(《雷锋日记》)。在几年的时间里，雷锋学完了当时出版的《毛泽东选集》一至四卷，重点文章反复读，写了许多心得笔记和眉批。雷锋精神的源头在于毛泽东思想。

通过学习，雷锋感受最深的是懂得了怎样做人，为谁活着：“我就是长着一个心眼，我一心向着党，向着社会主义，向着共产主义。”

通过学习理论，雷锋树立了共产主义世界观、人生观和价值观，满怀崇高理想和信念。这是雷锋精神的根本。

全心全意为人民服务是雷锋实现理想信念的落脚点，是雷锋精神的核心。

爱党爱国爱人民，爱岗敬业，无私奉献，助人为乐，锐意进取，艰苦奋斗，大爱情怀践于行，是雷锋精神的内涵。

我们要发扬雷锋刻苦学习的精神，努力学习掌握中国特色社会主义理论体系，要在坚定理想信念和知行合一上不断完善自己，像雷锋那样具有“信念的能量，大爱的胸怀，忘我的精神，进取的锐气”。

《雷锋日记》是雷锋留给我们的宝贵思想财富，其中雷锋对人生价值的哲思，对理想信念的诠释以及催人奋进的激情，自我约束的谦虚，对美好生活的珍惜，如散文诗一般跃然纸上，闪耀着共产主义思想的光辉。

雷锋在短暂的人生历程中所写下的文字，除了一部可歌可泣的《雷锋日记》外，还有诗歌、小说、讲话、书信、散文，还有他在学习《毛泽东选集》一至四卷时在书中写下的许多书眉式笔记。这些宝贵的雷锋资源，是我们传播雷锋精神的鲜活载体。

2018 年秋天，习近平总书记在视察东北参观抚顺雷锋纪念馆时对进一步开展学雷锋活动，弘扬雷锋精神又做了精辟的阐述和强调。

“雷锋是一个时代的楷模，每一个时代都有自己的楷模，实现中华民族伟大复兴要不断闯关夺隘，也会涌现出更多的时代楷模。但雷锋精神是永恒的，是社会主义核心价值观的生动体现。”“我们在实现‘两个一百年’奋斗目标的征程上，需要凝聚力量，需要见贤思齐，向楷模看齐，把雷锋精神代代传承下去。”

习近平总书记的重要讲话为全国人民新时代学雷锋指明了方向，令人备受鼓舞。

雷锋的英雄事迹和他的崇高精神将永远激励着一代又一代的中华儿女！雷锋永远在我们心中，雷锋永远在我们前进的队伍中。

2019 年 3 月

我仰慕马克思

——纪念马克思诞辰 200 周年

今年（2018 年）的 5 月 5 日是世界无产阶级和劳动人民的伟大导师马克思诞辰 200 周年纪念日，（卡尔·马克思，1818 年 5 月 5 日—1883 年 3 月 1 日）。

一个风和日丽的下午，我走进了沈阳市北方图书城。想起今年是马克思诞辰 200 周年，书店里一定会有关于马克思的新书吧。我在一处墙上挂着马克思恩格斯伟人像的柜台旁停下了，看过摆放待售的书籍后，我选了两本撰写马克思的新书，拿回家阅读。

我最早想知道马克思，对马克思产生好奇心，是在我上小学三四年级以后。

那时我常把哥哥姐姐学过的和正在学的语文课本和政治课本，当作课外书来读，（我有两个哥哥，三个姐姐，）当然主要是想找故事和感兴趣的内容看。虽然还有一些字不认识，但我联系上下文猜想也就知道全句的大概意思了。

我发现在几本政治书中都有“把马克思列宁主义的普遍真理同中国革命和建设的具体实践相结合”的句子。我不懂其意，因多次出现，我很纳闷，就问当时正在上中学的三姐：“马克思列宁主义是啥意思？”三姐用我能听懂的语言给我解释：马克思列宁是两个人的人名，主义是指他们的思想。我又问：“他们现在在哪儿？”三姐说他们都已逝世了，他们是外国人，我更加惊奇了：外国人，都已不在人世了，他们的思想还对我们中国的事情有这么大的作用，真是神了！于是我很想知道他们是怎样的人，他们的思想都是什么。

我上初中以后曾经住校。同一宿舍有一名高中同学很爱看书，她对马克思也很感兴趣。我们晚上睡觉前常谈起各自读过的课外书。她对我们讲起了马克思的中学毕业作文《论青年在选择职业时的考虑》。我们也正是中学生啊！我很敬佩17岁的马克思对人生道路竟有如此深刻的思考。我把这位同学抄有马克思中学毕业论文的笔记本借来，把这篇名著抄写保存，虽然我还不能看懂全文，但文中赞美“为大多数人带来幸福的人是最幸福的人”的论述，很打动我，而文章的最后一段：“如果我们选择了最能为人类幸福而劳动的职业，那么重担就不能把我们所压倒，因为这是为人类而献身。那时我们所感到的就不是可怜的，有限的，自私的乐趣，我们的幸福将属于亿万人。我们的事业是默默的，但她将永恒地存在并发挥作用。面对我们的骨灰，崇高的人们将洒下热泪。”

我在后来走向社会比较多地了解了马克思那伟大而不平凡的一生之后，再看到这段名言，心里常常很酸楚。

同宿舍的这位高中同学还给我们讲了《马克思的三个女儿》。她笑着对我们说她们的父母也生了她们三个女儿，她是老大（她父亲是中学校长）。

我向她借来了这本书看，并做了读书笔记。这本书深深地吸引了我，马克思及其家庭成员，每一位都是那样的了不起。

马克思的夫人燕妮，出身于贵族家庭，从小受到良好的教育，她冲破重重阻力和马克思结婚，即使在最困难的时候也从不后悔。

燕妮是马克思出色的秘书。她担任了马克思著作所有繁重的抄写工作，“回忆我坐在卡尔的小房间里，抄写他那潦草的文章的那些日子，是我一生中最幸福的时刻。”（引自燕妮·马克思《动荡的生活简记》）马克思非常重视妻子的意见，把自己的一切手稿交给燕妮看。

马克思的三个女儿也是他最称职的秘书。

大女儿燕妮（和母亲同名），在父母身旁的耳濡目染下，她从小就关心政治，为父亲写作《资本论》收集资料，后来她不仅成为马克思的私人秘书，而且兼任第一国际的秘书，亲自抄写了第一国际成立宣言等许多具有历史意义的重要文件，她还发表政论文章，为正义呐喊。

马克思的次女劳拉，秘书工作也不逊色。马克思很赞赏劳拉的写作才能，并且夸她是一个出色的翻译工作者，《共产党宣言》的法文版，就是劳拉和她的丈夫拉法格共同翻译的。

马克思的小女儿艾琳娜也是马克思出色的秘书，她协助马克思从报纸杂志书籍里摘录资料，代理父亲处理信件，她不仅在马克思生前忠实地履行秘书的职责，在马克思逝世后，她也常常在报刊上撰文，维护父亲的名誉。

马克思成功地开创了解放全人类伟大事业的科学理论，他的妻子和三个女儿也做出了巨大贡献。

马克思夫人燕妮是1881年12月2日去世的，终年67岁。夫人的逝世，是对马克思沉重的打击。恩格斯发表了《在燕妮·马克思墓前的讲话》表达了对逝者的沉痛悼念："……她的一生表现出了极其明确的批判智能，卓越的政治才干，充沛的精力，伟大的忘我精神，她这一生为革命运动所做的事情，是公众看不到的。""我用不着说她的个人品德了,这是她的朋友们都知道，而且永远不会忘记的，如果哪一位女性把别人的幸福视为自己的幸福，那么这个女性就是她。"

妻子刚逝世一年，马克思还没有从悲痛中走出来。然而他的长女燕妮，龙格的逝世，是对马克思致命的打击。

过度的工作，繁重的家务，五个孩子的哺育抚养，燕妮积劳成疾，英年早逝，年仅 38 岁。

恩格斯在悼念她的文章里写道："……无产阶级失去了她这样一位英勇的战士……"

长女燕妮的逝世，马克思的悲哀是可以想见的。只过了两个月，1883 年 3 月 14 日下午 2 点 45 分，伟大的马克思在工作室的座椅上睡着了，永远地睡着了。手中的书滑落在地上——在生命的最后一刻，他仍在工作。

马克思的二女儿劳拉于 1911 年去世，是和 70 岁的丈夫拉法格一同去世的。劳拉终年 67 岁。据《马克思的三个女儿》记载，拉法格认为过了 70 岁就进入了衰老，没人供养他们（他们的三个孩子在流亡生活时都夭折了）。

马克思的三女儿艾琳娜是著名的社会主义者，很可惜的是她患有一种严重的神经性疾病，发作起来疼痛难忍，1898 年 3 月 31 日，人们发现她死在自己家里，终年 43 岁。

马克思三个女儿的命运结局令人扼腕哀痛。

马克思为无产阶级和劳苦大众的解放事业创立革命理论和

从事实践活动，遭到欧洲一切旧势力的憎恨，他们驱逐、迫害、几次监禁马克思，燕妮也被监禁过，马克思一家几十年都过着颠沛流离的生活，我们仅从一封马克思1852年9月8日写给恩格斯的信中，就可以看到当时马克思一家极端贫困的生活状况：

“今天我在非常紧张的气氛中收到您的信，我的妻子病了，小燕妮（马克思的女儿）病了。医生，我过去不能请，现在也不能请，因为我没有买药的钱，八到十天以来，家里吃的是面包和土豆，今天能否弄到这些还成问题。债务从四面八方来袭击我了，怎样才能还清这些鬼账呢？”

由于缺吃少穿，租的房子阴暗，他的几个子女全都体弱多病，从1850年到1855年五年间，因贫病交加，他们三个可爱的孩子离开了人世。马克思夫妇是多么悲痛啊，他们在给朋友的书信里多次提及，马克思夫人在《动荡的生活简记》里也有过悲痛的回忆：1850年8月，燕妮去马克思姨父那里，想得到生活的帮助，结果很失望。“我灰心失望地回到家里，可怜的小埃德加尔喜笑颜开地跳出来迎接我，我的小福克斯向我伸出了自己的小手，但我再也不能欣赏他那天真的娇态了。11月，娇弱的孩子，由于肺炎引起的抽筋死去了。我是多么伤心啊，这是我失掉的第一个孩子啊！唉！那时我真没想到后来我还会遭遇什么样的痛苦，我只觉得这次的痛苦是超过一切的了。”

1852年复活节，他们又失去了一个孩子：“我们可爱的小弗兰契斯卡得了严重的气管炎，可怜的孩子与死亡搏斗了三天，受了许多痛苦，失去生命的小躯体，停放在后面的小房间里。晚上我们睡在地板上，三个活着的孩子同我们睡在一起。我们都为邻室的冰冷而苍白的小天使痛哭，这个可爱的孩子，在我们生活上最穷困的时期死去了。我们的德国朋友这时候已经无力帮助我们。”“一个常来拜访我们的法国流亡者……极友善而同情地给了我两英镑，这样才把我的可怜孩子现在安然躺睡的小棺材的钱付清，当我们看到她被送进坟墓时，我们是多么伤心啊！”

然而更加悲痛的打击还在后面，马克思全家宠爱的八岁男孩埃德加尔病逝了。“今天早晨他在我怀里一眠不醒了。”历尽苦难的马克思在给恩格斯的信里写道：“……我的妻子受不了这样的打击，她已经病倒了。是的，我是应该坚强的，然而我也很悲哀和激动，要知道这孩子活着的时候和临死时始终保持着他那特有的温和，同时又是独立的性格。”极度悲哀的马克思，一夜之间，头发变灰白了。

马克思夫妇一共生了七个孩子，其中一个，“一生下来就断了气，和三个亲爱的兄姐葬在一起。”（燕妮·马克思《动荡的生活简记》）几个可爱孩子的夭亡，是马克思夫妇心中永远的痛。马克思夫人在给朋友的信中说：“今天我不愿意再去回忆那些令人心酸的往事和我们永别了的可爱的孩子们，他们的一举一动我们都怀着深切的同情永远隐藏在自己的心中。”

令马克思夫妇感到欣慰的是他们的美丽善良而又德才兼备的三个女儿：燕妮、劳拉、爱琳娜。

马克思夫妇的家族在社会上都很有地位，马克思又博学多才，以他的条件，不愁找不到待遇优厚的工作，即使反动政府迫害他，驱逐他，也没有忘记用高薪高官收买他。马克思对这些嗤之以鼻，他放弃了唾手可得的舒适生活，走上了一条充满荆棘危险，谋求全人类幸福的人生道路：“我必须不惜一切代价走向自己的目标。决不允许资产阶级把我变成赚钱的机器。”（马克思 1859 年 2 月 1 日《给约·魏德迈的信》）马克思常常是夜以继日地写作，如饥似渴地读书钻研，努力完成自己思想理论的创立。他知道，他的生命随时都有可能被终止，他说：“我一直在坟墓的边缘徘徊，因此我不得不利用我还能工作的每时每刻来完成我的著作。为了它，我已经牺牲了我的健康幸福和家庭。”

我通过阅读《马克思的三个女儿》等作品，走近了马克思，我为他一家人所遭受的磨难深感痛心的同时，也很想知道，马克思为之付出了一生心血和沉重代价的马克思主义都是些什么。

那时是“文革”时期，学校停课了，还没动员下乡，我去书店买了几本马克思的书回家看，几乎是看不懂。虽然如此，我还是很有收获，例如有一句名言，令我终身受到鞭策：“在科学的入口处，正像在地狱的入口处一样，必须提出这样的要求：‘这里必须根除一切犹豫；这里任何怯懦都无济于事。’”我在以后的学习工作中，马克思的话，给了我克服一切困难的决心和勇气。

《共产党宣言》的最后两段，让我感受到了马克思对无产阶级革命事业的必胜信念和顽强的斗争意志。《宣言》最后庄严号召：“全世界无产者联合起来！”澎湃着巨大的感召力！

马克思主义的普遍真理都是什么？我心中一直想学懂。后来我在列宁的著作中找到了一篇经典《马克思主义的三个来源和三个组成部分》，令我耳目一新。

伟大的列宁在此文中精辟地阐述了马克思主义的三个组成部分：马克思主义哲学，政治经济学和科学社会主义及其三个来源。

马克思主义哲学：

马克思创立了辩证唯物主义，并把辩证唯物主义从对自然界的认识推广到对人类社会及其历史的认识，进一步创立了历史唯物主义，这是“科学思想中的最大成果”。

“马克思主义的哲学是完备的哲学唯物主义，他把伟大的认识工具给了人类，特别是给了工人阶级。”

马克思主义政治经济学：

列宁指出，剩余价值学说是马克思主义政治经济学理论基石，马克思用剩余价值学说揭露了资本主义剥削的秘密和雇佣劳动制度的本质，这一学说的创立是马克思在人类科学史上的一个伟大发现，阐明了资本主义制度发展和灭亡的规律。

科学社会主义理论的形成使社会主义从空想变成科学。它的任务是阐明社会主义革命的本质和历史条件，指出无产阶级摆脱剥削压迫的正确道路，找到了创造新制度的社会力量，阐述并贯彻了阶级斗争学说。

列宁指出：“马克思学说具有无限力量，就是因为它正确，它完备而严整。”“马克思学说是人类在19世纪所创立的优秀成果——德国的哲学，英国的政治经济学和法国社会主义的当然继承者。”

这篇经典，虽然我有许多地方都看不懂，但它让我找到了学习马克思主义理论的切入点。

走近马克思，我被他那波澜壮阔而又历尽苦难的一生所震撼，我更被深深感动：马克思工作那样繁重，生活饥寒交迫，他还关注着遥远的东方中国，“高度评价中华民族的灿烂文明和奋斗精神，坚决支持我国人民反抗列强侵略和封建压迫的斗争，并且深情预言中华民族必将崛起，成为开启整个东方世界的新曙光。”（《马克思画传》第 8 页）今天的中国验证了马克思的预言。

走近马克思，也就走近了恩格斯。我为马克思庆幸多亏有恩格斯的帮助，才使马克思度过了生活的磨难困窘，完成了他的鸿篇巨著的写作和革命理论的创立，他们精诚合作了 40 年之久，建立了伟大深厚的友谊，共同创立了马克思主义，共同领导国际共产主义运动，“他们的关系超过了古人关于友谊的一切最动人的传说。”（列宁）马克思逝世后，恩格斯整理编撰了《资本论》第二卷和第三卷的手稿，并出版于世。

可以说，有了恩格斯全力以赴的帮助，马克思才成为马克思。我们在纪念伟大的马克思的同时，也怀着深深的敬意和感动来纪念伟大的恩格斯。

还有一位马克思夫妇永远不能忘怀的朋友。

亲爱的读者，当你打开《资本论》第一卷，你会看到书的扉页上写着：“献给我不能忘记的朋友，勇敢的忠实的高尚的无产阶级先锋战士威廉·沃尔弗……”

马克思为什么把《资本论》第一卷这部不朽之作献给威廉·沃尔弗？这个疑问，我在燕妮·马克思写的《动荡的生活简记》中找到了答案：“……鲁普斯（沃尔弗的别名）逝世了，……他在遗嘱中指定卡尔，我和孩子们为主要继承人，这时我们才知道，这位俭朴节省度日的人，由于非常勤勉和努力，积存了一千英镑这笔数目可观的财产。”“……他给了我们帮助，减轻了我们的负担，使我们过了一年不再操心的日子。”

沃尔弗是德国无产阶级革命家，马克思的亲密战友，他临终时的友爱和雪中送炭的帮助，给予了马克思写作《资本论》所必需的相对稳定的一段时间的安宁。马克思把《资本论》第一卷献给他是为了不能忘却的纪念。

还有一位女性——海伦·德穆特·林蘅，马克思一家都视她为家人。她在燕妮·马克思婚后不久就来到马克思家里，从此始终和他们同甘共苦，她既是忠实的朋友，又是助手，管家。被孩子们称作“善良的家庭天使”。在马克思夫人和马克思逝世后，她去了恩格斯家，帮助料理家务，照管马克思浩瀚的遗著。她在恩格斯家逝世，终年 67 岁，遵照马克思夫妇遗嘱，林蘅安葬在海格特公墓马克思夫妇的旁边。她的去世,使恩格斯很悲痛，为她举行了葬礼，并致悼词，给予她极高的赞誉。

马克思身边的这几位朋友让我们看到马克思的人格光辉和他为之奋斗的事业是怎样地感动和吸引着跟他一同扬帆起航，风雨同舟的战友们。“他的一生都献给全世界无产者了，全世界能够思考的有思想的无产者都对他表示感激和尊敬。”（威廉·李卜克内西《在马克思墓前的演说》）

“他的英名和事业将永垂不朽！”（恩格斯《在马克思墓前的讲话》）自马克思诞生以来，两个世纪过去了，人类社会发生了巨大而深刻的变化，但马克思的英名依然在世界各地受到人们的尊敬，马克思主义学说依然闪耀着真理的光辉。

2008 年国际金融危机爆发后，《共产党宣言》《资本论》等著作，在全世界许多国家热销，掀起一股“回到马克思”的学术浪潮。

在我国，伟大的中国共产党正领导全国各族人民一道开辟 21 世纪马克思主义基本原理同当代中国具体实践相结合的新征程。

习近平新时代中国特色社会主义思想是马克思主义中国化的最新成果，是当代马克思主义，21 世纪的马克思主义。

坚持马克思主义就是要坚持习近平新时代中国特色社会主义思想，实现马克思主义的中国化，时代化，大众化。

马克思主义不是一成不变的，它要随着时代的发展而向前发展。“它并没有结束真理，而是开辟了通向真理的道路。”（习近平《在哲学社会科学工作座谈会上的讲话》）“只要我们善于聆听时代的声音，勇于坚持真理、修正错误，二十一世纪中国的马克思主义一定能够展现出更强大、更有说服力的真理力量。”（习近平《在中国共产党第 19 次全国代表大会上的讲话》）

马克思在中学时代就立下了“为人类服务”的远大抱负并为此奋斗到生命的最后一息，我们中国共产党人，毛泽东、周恩来、朱德等老一辈无产阶级革命家和无数革命先烈，志士仁人，也正是为了中国人民的幸福解放事业不惜抛头颅洒热血，把马克思主义的普遍真理运用于中国革命的具体实践，并创造性地发展了马克思主义，走农村包围城市，武装夺取政权的道路，建立了社会主义新中国。

伟大祖国欣欣向荣，人民翻身当家作主，马克思主义得到了更广泛的传播。

全心全意为人民服务是中国共产党的根本宗旨，我们无论做何种工作都要用这把尺子来衡量自己。

毛泽东同志曾对一位来访他的国际友人说：“我的信仰就是五个字：为人民服务。”

在祖国社会主义建设的各条战线上，从“干惊天动地事，做隐姓埋名人”的国家栋梁之材到平凡默默地贡献在普通的工作岗位上的劳动者，他们鞠躬尽瘁为人民的可歌可泣的事迹数不胜数，鼓舞着人们为实现中国梦而努力奋斗。

同时我们也看到我们所处时代的特点和复杂性，在和平建设环境下，如何坚持全心全意为人民服务，这是对每个人的考验。

我们也看到一些令人忧虑的现象：有些人为人民服务的观念淡薄了。更有甚者，有的人用人民给予的权力中饱私囊，贪赃枉法。

党中央加大了反腐力度，让我们增强了必胜的信心。

一些反面教员也给我们敲响了警钟，有的人官大了，手中的权力多了，就忘了为人民服务的初心，或者是原来就没想，而是想如何为自己服务，说一套，做又是一套，到头来身败名裂。因此，我们必须牢固树立全心全意为人民服务的思想，牢固树立祖国和人民的利益高于一切的理念。才能抵挡某些负能量的诱惑侵蚀，保持高风亮节，一身正气。才能养成应有的职业道德，从而形成良好的社会风气。

在纪念马克思诞辰200周年之际，我们缅怀伟大的马克思，同时也怀着崇敬的心情缅怀恩格斯、列宁、毛泽东，我们正在以习近平同志为核心的党中央领导下，沿着革命导师和领袖们所开创的谋求人类幸福，建设富强民主文明和谐繁荣富强的具有中国特色的社会主义现代化国家的康庄大道胜利前进！

我们的远大目标一定能够达到！

“英特纳雄耐尔就一定要实现！”

此文最初发表在《世界诗人》2018年8月11日微刊上，后发表在《中国新诗百家名作鉴赏》一书

感恩那片黑土地

深夜里万籁俱寂，我坐在写字台前没有一丝睡意。

几天前的一次珍贵相聚和后来与朋友们的电话微信联系令我心潮起伏。

前些天，我49年前下乡插队的小山村里的三位朋友，从吉林赶到了辽宁沈阳来看我。他们是从我集体户同学那里得知我的情况并和我联系上的。想当年他们还都是小伙子，如今都已年近花甲了。

他们的到来让我很感动，我们在一个饭店坐了下来，边吃晚饭边聊天。为了赶路，他们连午饭都没吃，是开车来的。

我向他们询问家乡亲人们的情况，他们告诉我许多老人都不在了。我问起了刘大叔，就是我在《在那遥远的小山村》里描写的那个生产队饲养员刘大叔，他们说刘大叔也去世了。活了80多岁，也算高寿。这三位朋友的父母都不在了，还有生产队王队长，闫大叔等许多老人也都没了。

听了他们的话我很难过，虽然我已料到这些，毕竟岁月不饶人啊！可当听到这些确切的信息时，我悲伤的心情难以抑制。一张张熟悉的面孔浮现在我的脑海里，一桩桩往事涌上心头。

记得我们1968年9月份来到这个小山村时没有住处，生产队王队长就把我们分配到社员家住。我们七名女同学被分配住在一家。房东闫大叔给我们让出一间屋，是对面炕，住下我们七人。

这一家人让我们感到很温暖，闫大叔一家三代，老母亲是一位慈眉善目的老人。闫大叔人很憨厚勤劳。水缸里的水总是满满的，供我们使用。火炕也烧得暖暖的。闫婶总是脸带微笑。他们的独生女儿长得水灵灵的美，是全家的掌上明珠。

集体户没地方做饭，王队长就给我们派饭：去社员家吃饭，一家吃一天，轮流着吃，我们每人一天按一角钱计算。

社员家都很认真地给我们准备饭，当时是金秋时节，饭菜很丰富，我们都很爱吃他们做的农家饭。“吃百家饭好养活。”社员家也和我们开玩笑说。

后来生产队把马号（生产队喂牛马和开社员大会的地方）兼并出两间屋子，搭上对面炕，我们集体户男女同学全部住了进去，生产队开社员大会等活动也还都在此。

集体户开伙了，我们轮流做饭。谁也不会做大锅饭，也没烧过柴火。大婶姐妹们就来教我们做饭。

我们第一次贴玉米面饼子都成了片儿汤，社员们听说了就告诉我们，得把水烧开了，锅热了，再把饼子往锅里贴，就贴住了。

生产队给集体户盖房了，我们和社员一道上山选木材、伐树、扒椽皮、割草、托泥坯。房子盖好了，还没等干透，我们就住了进去。

春天来了，社员们教我们种菜。我们第一次吃上了自己种的菜，住上了亲手盖的房，真觉得自己生存的本领学到了不少。

最艰苦的磨炼是干农活。我们生产队劳动力少，一年到头起早贪黑，总有干不完的农活。

我们虽然年龄小（大多数同学还不到 18 岁），但干活从不甘落后，虽然累得腰酸腿疼，也每天坚持出工。在劳动中，社员给了我们很大的帮助。许多农活不仅需要力气，还需要技能。社员耐心地教我们，这时我觉得农民高大起来，他们那么能吃苦，不叫苦，那么会干活。我们都特别羡慕他们那长满硬茧的双手，怎么干活也磨不出泡，我们就不行了。虽然如此，我们仍然咬牙坚持，天天出工。天长日久，我们的手也干活不起泡了。

我们女生都很爱读书，除集体户每周集中学习一次外，我们还自己找书读，当时对我们影响较大的书是《钢铁是怎样炼成的》《牛虻》，高尔基的《母亲》和他的自传体三本书。我还悄悄地看了《简·爱》《怎么办》等书（这两本书对我影响很大）。

我们白天拼命地干活，怕落在社员的后面。晚上挤时间看书。随着对农村的了解加深，我们的困惑也越来越多。这里山清水秀，土地肥沃，可是人们的生活却非常贫困。因为生产队只种粮食不许搞其他副业。光种粮食收入很少，许多人家一年到头口连粮都挣不够，更别说分到钱了。这里是高寒半山区，无霜期短。

有一年遭霜灾，庄稼几乎颗粒不收，我们口粮都得靠国家给调拨吃“返销粮”，口粮款还都欠着。

农民没钱花，养几只鸡下蛋舍不得吃卖给供销社，那时一个鸡蛋还卖不上一角钱。

面对农民如此贫穷，我们不知道出路在哪里，想当初我们怀着“到农村去，到祖国最需要的地方去”，来到了这里。可怎么才能建设好，怎么改变这一穷二白的农村面貌？我们心里一片茫然和忧虑。

我们努力去寻找为农民服务的事情。

男生给社员家安电灯（我们刚去时还没有电灯），给社员理发。

五保户王大爷病重，女生主动去护理他，直到他去世。

我看到小山村缺医少药，农民看病困难，我就学会了针灸注射，为人们解决一点儿病痛。

大约是在 1973 年冬天的一个晚上，一个 10 来岁的小男孩到集体户来找我，让我去他家给他妈妈看病，他光着脑袋，小脸儿冻得通红，他是刘大叔的二儿子，小名叫二犊子。我跟着二犊子去了他家，大婶胃病犯了，躺在炕上，我给她针灸，做了小米粥之后我去马号找刘大叔。到了马号我才知道原来是一匹母马生下一匹小马驹两天多了，母马还没有奶，两天都没怎么合眼，一脸憔悴的刘大叔正犯愁呢，后来他拿出仅有的几元钱，让我去供销社买奶粉喂马驹。我买回奶粉后把发票给他，让他留着报销，他在喂完马驹牛奶之后，却把发票卷烟抽了。他说生产队没钱也报不了。想到他是 6 个孩子的父亲，大冬天的儿子连帽子都没有，生活那么困难，但他却把仅有的几元钱给马驹买了奶粉，刘大叔那颗金子般的心，至今我想起仍感动不已。下乡那些年乡亲们对我们帮助很多，那片黑土地上有许多事情令我终生难忘。

我下乡期间手腕脚踝都扭伤脱臼过，每一次都是邻村柳树河张爷爷给我治好的。那次脚踝扭伤很严重，他给我做了一次治疗，几天后，这位 60 多岁的老人在冰天雪地里走到我们山村的供销社，让人去集体户找到我，让我去供销社又给我做了第二次治疗，我的脚踝扭伤，慢慢痊愈了。这件事我一想起就内疚不已，因为我当时没有能力回报他老人家。

我在农村也生过病，农民大婶知道了找我去她家给我一个人卧鸡蛋吃，还用民间偏方给我治病，这片黑土地上的人们给了我帮助和温暖，也给了我信任．让我当大队和生产队的防疫员，给牛马猪和家禽打疫苗搞检疫。我克服了许多困难，工作做得很好，后来公社推荐我参加了吉林地区畜牧防治工作经验交流会，并让我在大会上发言，这让我很有压力，因为我父亲“文革”被批斗（是错案，后来平反），因此我到农村后一直也不敢写入团申请书，这里的人们对我的信任是对我最高的奖赏，我只想默默地做点服务于人民的事无愧人生也就很欣慰了，可眼下让我去参加市里会议，我为难了。因为家庭有问题的人，评先进是受影响的，我只好去公社找了当时的肖书记说我参加会议不合适，把我的家庭情况讲了。我讲完之后，肖书记语重心长地对我说：“小赵啊，你别把家庭问题看得那么严重，就算你父亲是‘反革命’，我们也要看你的表现！”我当时感动得一句话也说不出来。从那天起，我放下了家庭包袱，是啊，这里的党组织和人民这么信任我，我还想那么多干什么？大胆地工作吧。

后来我当了生产队长，我光荣地入了团，更令我感动的是，我入了党，后来我又当选了大队党支部副书记。再后来我担任了公社干部。

令我愧疚的是我 1976 年回城工作时，小山村的人们生活仍然很贫困。

转眼几十年过去了，我的工作让我离家乡越来越远。但是那片黑土地始终在我心中。当年一位农民大叔在我离开时曾对我说：“无论你走到哪里都不要忘记穷山沟里我们这些土老农啊！”每想起这些我的心海就荡起涟漪。

我退休后不久就回东北定居了，这一次小山村的三位朋友欣然到来让我喜出望外，我让他们多讲讲家乡的情况，他们却说："我们这次来就是想听你说，你的身体还好吗？你的生活怎么样？"我说我的一切都很好，我还把我写的回忆当年知青岁月的一些作品和其他一些作品给他们看，我说我想说的就是感恩那片黑土地上的党组织和父老乡亲对我的温暖和鼓励，这一切奠定了我一生的思想基础和成长道路，我的情况你们回去看看我的作品就看到影子了，所以我不用多说了，我还是想听你们说，家乡的人们生活怎么样？家乡变化很大吧？"他们说他们后来也离开了农村，到城市工作了，但他们也经常回老家，老家人们生活都很好，变化也很大，但小康水平还没达到。令我高兴的是当年鼓励我好好干，放下家庭包袱的那位公社党委肖书记还健在。我委托家乡朋友们回去一定转达我对当年党组织鼓励我前行，批准我入党，锻炼我成长的感恩之心，代我向那片黑土地上的父老乡亲们致以亲切的问候。

他们当天晚上就开车回到了吉林，临走前我们互相加了微信。第二天家乡朋友中的一位，就给我来电话，并发了微信说："我今天早晨读了你的《冬天的回忆》等写知青岁月的作品很感动，都掉了眼泪。那两位朋友也说看完了鼻子发酸，我熟悉你写的环境和背景，了解一些你的情况，读起来就更加亲切，也勾起我对过去一些生活的回忆，我想着怎么把你的作品送给更多的人。让他们读到你的《在那遥远的小山村》，你写刘大叔写得太对了，刘大叔也是一个令我尊重的人，以前我每次回老家都去看他，他去世时我也去过了。"读了这段话，我心里充满了悲伤，刘大叔——那么好的一个人，我再也见不到他了。想起当年那个冬天的夜晚，我在生产队马号和刘大叔一起喂马驹的情景，我的眼前浮现出刘大叔看马驹吃奶时，他沧桑疲劳的脸上是那样的慈祥，让我感受到了什么是真正的真善美，这是人间大爱，永远留在我心中。那天晚上这位家乡朋友又给我来微信说，他已经联系上了肖书记的女儿，并把我的作品交给了她，还向她转达了我的心意。肖书记的女儿已回复这位朋友说，她一定把书转交给她爸爸，几十年过去了，我还记得她爸爸使她很感动，她爸爸现在身体和精神状态都很好。

在这寂静的晚上，我坐下来给这位朋友回复："谢谢你的鸿雁传书，我多年的愿望得以实现，这就要感谢当时当地党组织和人民对我的恩情。这个恩情是说不尽的，我虽然做了一点服务于人民的事，但实际上是那片黑土地上的人们给予我的温暖和信任，以及党组织对我的鼓励和培养。让我看到了我的人生价值，看到了希望的火花。我一直心存感激，但一直没有机会向恩人表达。我现在终于通过你们实现了，谢谢你们——我心灵的使者，请代我向他们表达我不尽的感恩和敬意。

半个世纪了啊，我已经是夕阳红的年龄了，我希望再回到那片黑土地，我的第二故乡，去看看父老乡亲们，看看当年的老领导,看看那里的山山水水。看完乡亲朋友的微信我闭目沉默，感恩的心在回忆的海洋里起伏着。许久我站起身来，走到窗前，仰望着深邃的天空，我的心又飞向小山村那星光闪烁的夜晚，飞向那一片四季变换着颜色的黑土地。

2017 年

缅怀我们的父亲母亲

清明节即将来临，远离家乡的我遥望天边，心中充满了对父母的怀念。我的母亲是二十年前去世的，我的父亲是十年前去世的。

今年是我父亲诞辰100周年，是我母亲诞辰99周年。在这样的时日里，我对父母更加追思无限，他们的音容笑貌，那一桩桩往事浮现在眼前……

我们兄弟姐妹共九人，我排行第六。

小时候父亲常对我们说："要做一个对社会、对人民有用的人。如果没用，就是白来到世界上一回。要想有用就必须好好念书，得有实际本领。"他要求我们都要上大学，并且让我们都学理工科，把文科作为业余爱好。父亲买了许多科普读物，如《十万个为什么》《奔向明天的科学》等,培养我们对科学的兴趣。

我父亲从小失去了母亲，家境贫寒，只勉强读过两年私塾。他完全靠自学，掌握了多方面的知识。

在我小时候的记忆里，父亲晚上总是在看书。长大后我才知道，父亲从新中国建设第一个五年计划开始，就参加了国家许多重点工程的建设。从工长到技术员、工程师、苏联专家组中方成员等。他工作很出色，多次受奖，我记得家里过年铺的新床单都是父亲得的奖品。

父亲在勤奋工作的同时也很重视对我们的教育。他编了一本《儿童语》，把我们从早晨一睁眼到晚上睡觉前应该怎样做都写得清清楚楚。比如“早起床，快穿衣，叠被梳洗工作学习”“上学前，准备好，不要到点找又跑”“老师讲，要注意，耳闻目看心中记”“放学时，快到家，不要途中贪玩耍”“既正确，又整洁，完备美观做作业”“身要正，头不偏，笔轻手快字要端”“出必告，归必见，莫叫父母苦悬念”“食不语，寝不言，公共场所不交谈”“衣冠正，口齿清，举止端庄要文明”“兄弟姐妹相辅助，才学品德齐进步”“语言粗暴发脾气，对人对己两不利”“霁月光风处事，和风细雨待人”“分分秒秒总学习，不让时间空过去”，等等。为了便于记忆，父亲写在纸上，挂在墙上。邻居到我家也对此感兴趣，抄在纸上拿回家教孩子。

我爷爷去世后，我父亲在爷爷的遗像（奶奶没有照片）下面的墙上挂了这样一行文字：“先天下之忧而忧，后天下之乐而乐，咐世世代代子子孙孙荷先忧。”过年祭祀爷爷奶奶时，父亲领我们诵读这些文字，并给我们讲解其意思，教育我们要有忧患意识和家国情怀。

我们兄弟姐妹最大的和最小的年龄差距是二十岁，因此父亲的教育内容包括了对儿童、少年和成年孩子们的教导和要求。

父亲认为家庭是人生的第一所学校，父母是子女的第一任教师，因此他提出了“家庭教育学校化”的教育思想。

父亲工作在外地，回家时间很短（后来才转回来工作），他在家成立了家庭委员会。主任是我母亲，副主任是我三姐（因为比她大的一个哥哥、两个姐姐都上了大学在外地），我是典范委员（我是小学生），比我小两岁的弟弟是监督委员，只要我不对他心思或跟他生气，他就说："还典范委员呢，就这样啊？"

父亲对我的一次教育让我记忆犹新。

也是我小时候，在家门外的过道上捡到两元钱，我高兴地跑回家。那天父亲在家，我把捡到的钱交给他，说是我捡到的。父亲说："你带我去看看捡钱的地方。"我立刻跑到那里对父亲说："就在这儿捡的。"父亲说："你把钱放在这儿。"我愣了一下说："那不叫别人捡去了吗？""把钱放这儿！"父亲又说。我极不情愿地放下了钱，回屋后父亲对我讲了"渴不喝盗泉之水，饿不吃无主之梨""瓜地不提鞋，李子树下不脱帽"的故事。他的话概括起来就是："天下万物皆有主，不是你的你别要。"我觉得有道理，但有一点我不赞同：因为泉水的名字叫盗泉，就宁可渴着也不喝。这不太死心眼儿了吗？出于对父亲的敬畏，我当时没说出来。

几十年以后，我和父亲在一起时，想起了这件事儿。我把当时的想法对父亲说了，父亲笑了，觉得我说得对。后来我看到他写的《赵家家教纲要》里，把原来说的那句话改成了"渴不喝不洁之水，饿不吃无主之梨"。

写到这里，我不禁想起了我的母亲。

我母亲为家庭为子女含辛茹苦，付出了一切。

我母亲从小就失去了父亲，家里很穷，念不起书。所以她嘱咐我们一定要把书念到头（大学毕业），别当"锅台转"（家庭妇女）。

我们家生活当时很困难。我父亲的月工资是102元，这在当时是很高的了。但因父亲和上大学的哥姐四人在外地，父亲的工资须扣除他们的费用后再往家里寄。家里还有母亲、年迈的爷爷和我们兄弟姐妹六人共八口人。并且我们都在上学，需要费用。父亲每月寄回的钱根本不够生活支出。如果哪个孩子病了，更愁坏了母亲，后来爷爷又卧床不起，住院治疗无效，去世了。

勤劳的母亲起早贪黑地做活，这么多人的衣服、鞋买不起，全靠母亲手工做。幸亏家里有一台缝纫机，上小学的我放学到家就做饭，干家务，因为妈妈手里总有干不完的针线活。

寒假、暑假两个假期，我和哥哥姐姐都要到离家很远的一个焦炭厂附近去捡煤渣。那里天天有从工厂里拉出来的生产焦炭后的废弃物，里面有煤渣。我们早出晚归，带上一点儿中午饭，推着一辆手推车，每天差不多都要捡上一麻袋的煤渣，两个假期要捡够全年的烧煤。冬天冻得够呛，夏天晒得像黑球。有一天一场大雨浇得我透心儿凉，我止不住全身发抖。这时正逢焦炭厂工人下班，从工厂里走出一个骑自行车的邻居。他到了捡煤渣的地方找到了他的捡煤渣的妹妹。他刚要走，看到了在一旁抖得筛糠似的我，他停住了，让他妹妹从车上下来，自己走着回家，让我上车带我回了家。至今想起这个邻居，我仍感激涕零。

生活虽然艰苦，但母亲对我们教育很严，不允许我们贪任何小便宜。

有一次，母亲让我和哥哥姐姐去粮店买粮油。回家后，母亲一看油瓶就说不对，油多给了一斤，就拿着油瓶带着我们去粮店，把多给的油退了回去。粮店的人很惊讶、很感动，说还从来没有过这样的事情。那时正是国家经济困难时期，定量供应的粮油不够吃，但妈妈教育我们说：“人穷志不穷，不是自己的东西，就是金子也不能要。”

母亲为人处世，善良正直，乐于助人。她虽然家务繁重，还帮助邻居双职工家庭买米买菜。我家楼上的张姨在报社上班，总是让我母亲给她家买东西。张姨把不穿的衣服送给我们，而给我印象最深的是她送给我们的小学生作文选《今天我喂鸡》。我当时也就是小学二三年级吧，刚开始写作文，那本书就像及时雨，让我知道了作文可以写得这么生动。我以后写作文，在潜意识里就有了一个标准。

“文革”打破了我上大学的梦想，我和同学一起下乡插队去了一个小山村。

看到农村的贫穷落后、缺医少药，我就学会了针灸、注射，为那里的人们解除点病痛。在那艰难的岁月里，正是我觉得自己能对人们有用了，以及人们对我的信任和善良，让我看到了人生的希望和生命的意义。感恩那片土地上的人们，感恩父母给予我的人生价值观的教育，指引我走过了激流险滩。

父亲后来知道了我在农村的作为后，写了一首诗送给我。《四女明环知青历程》：“下乡插队当知青，一线天真壮志宏。四处河山驰足下，万家疾苦挂胸中。顶风冒雨医民病，起早贪黑奋力耕。乐于服务天地阔，鞠躬尽瘁越艰程。”我看后热泪盈眶，我知道我没有父亲写得那么优秀，但这确实是我父亲对我的希望和鼓励啊！

敬爱的父亲母亲给我们留下了无价的思想精神财富。父亲常对我们说：“学不可以已”（出自荀子《劝学》，意思是：学习是不可以停止的），“活到老学到老”。他本人堪称这样的楷模。正是这种壮心不已、孜孜不倦的学习精神积淀了父亲一专多能的学识。

父亲在做好本职工作的同时还擅长书法、绘画，爱好文学，退休后他受聘于几所学校教书法，并撰写了一套学习书法的口诀。

父亲对自己学而不厌，对子女对学生诲人不倦，直到耄耋之年仍赋诗《八秩展望》："……未完事业满天下，待读文章遍宇中。自强不息天行健，尽心尽力奋长征。"

亲爱的父亲母亲，光阴的流逝，抹不去儿女无尽的思念，更使我们深刻理解了你们的教诲。回想你们经历过的磨难，一辈子所受的千辛万苦，儿女忍不住泪沾襟，心疼矣！清明之际，托白云遥寄儿女的哀思，蘸笔墨倾吐儿女的话语："父母安眠故土中，青山松柏迎簇拥。音容笑貌犹依在，日月同辉暖心胸。爱国爱民伟哉父，辛劳育儿慈祥母。极乐世界无忧虑，国泰家兴子孙福。"

愿父亲、母亲含笑九泉……

2017 年 4 月

后　记

亲爱的读者朋友：

你们好！

《献给祖国的歌》和你们见面了，为此我很欣慰。希望你们喜欢看这本书，也欢迎你们多提宝贵意见。

几年前,我的第一本作品专集《赵明环诗文选》出版发行之后，一些朋友对我说，很喜欢看我的作品。去年清明之后，一位青年朋友曾多次给我发微信，在此我把她说的话摘录几句。她说：

“赵姨，我看了你的书都老有用了，正好清明节那天我们公司领导组织员工去了抗美援朝烈士陵园和‘九·一八’历史博物馆，因为我刚刚看完你写的那些歌颂革命烈士和抗美援朝的作品，真的，感觉就不一样了……”

“当更加了解他们的事迹后再接触这些东西，再看到他们的那些画面，真的是不一样的感受。”

“赵姨，你什么时候过来呀？你要是过来，我们当面说这些，感受会更深的。”

“赵姨，你给我们拿来的书，我们都很爱看。我同事的孩子通过学习你的作品，还参加学校活动了呢，好像还拿奖了。”

“赵姨，你前些天发的电子版的作品，你打算什么时候出成书呢？”

听了朋友们特别是青年朋友的话语我很感动。我们都是对英雄、对革命先烈有着深深的缅怀之情和崇高敬意，从而更加珍惜今天的幸福，努力工作，不断进取。同时我也感到了我的责任。我们这一代都是夕阳红的年龄了，更有责任弘扬传承中华民族的优良传统、革命精神和家国情怀，老有老的责任担当。

想到朋友们希望我把电子版作品编辑出书，也正逢今年是我光荣在党五十年（我的入党时间是 1974 年 8 月 13 日），在这幸福而有意义的时光里，我把我的一些诗歌散文作品编辑成书，献给广大读者朋友，也实现了我出版第二本个人专集的夙愿。

此书的编辑和出版，得到了陶士凯老师的鼎力相助，并再一次为我的作品专集写序言，让我深受感动。

我居住地的沈阳市建院社区党支部费志霞书记、徐贺同志和我的好朋友李玉艳对我编辑整理此书给予了热情的支持和帮助，他们在百忙的工作时间里和利用双休日帮我编辑此书，也令我非常感动，在此我表示深深的谢意！

感谢为出版此书而工作的每一位朋友：因为有了你们的辛勤付出，才有了此书的出版发行，非常感谢你们！紧握你们的手！

由于作者写作水平有限，书中有不妥之处，恳请老师朋友们批评指正。

光荣在党五十年，
初心使命在心间。
夕阳唱晚青山美，
人间正道天地宽。

赵明环写于 2024 年春天